KB046134

웹소설 작가를 위한 장르 가이드 9

보이즈 러브

웹소설 작가를 위한
장르 가이드 ❾

Boy's Love
보이즈 러브

이미호 · 프모리 지음

북바이북

| 서문 |

보이즈 러브Boy's Love(BL) 장르에 있어서 웹소설이란 인터넷소설 그리고 PC 통신 시절의 텍스트본의 연장선에 지나지 않는다. 타 장르 소설처럼 웹툰 플랫폼의 대두로 확장되기 시작한 장르가 아니라 향유층 자신이 컨슈머이자 프로슈머로 활동하면서 오랜 기간 시장을 형성해왔으며, 스마트폰의 발명과 함께 ICT 시대를 맞아 급속도로 양지화되었다.

필자는 1998년경 동인 활동을 시작하였다. 당시에는 동인 활동을 프로로 진출하는 연습 무대로 여겼기 때문에 오리지널 창작만 중시하고 2차 창작은 저급하게 취급하는 인식이 있었다. 하필이면 당시 동인지로 냈던 작품이 『퇴마록』의 2차 창작물이었던 탓에 PC 통신 게시판들을 중심으로 엄청난 뭇매를 맞았다. 주로 남성 팬덤에 의한 야오이 죽이기 시도였는데, 그도 그럴 것이 작자는 『퇴마록』의 작중 캐릭터인 현암과 박 신부의 사제 간 클리셰를 소프트 BL로 풀어냈기 때문이었다. '신성시되는 작품을 이렇게 더러운 눈으로 보다니!'라는 느낌으로, 요즘 말로 '조리돌림'을 당하였던 것이다. 하지만 필자는 일본 BL 만화의 영향보다는 어릴 때부터 어떠한 작품을 보면서 나만의 시각으로 재해석하기를 즐겨한 탓에 『퇴마록』에 뿌려진 아주 작은 클리셰 조각을 포착하여 풍자하였을 뿐, 스스로도 BL이라는 인식으로 2차 창작을 했던 것은 아니었다.

웹툰이 스낵컬처라면 웹소설은 일종의 스몰 콘텐츠다. 누구나 쉽게 쓰고, 편하게 읽을 수 있다는 장점이 있어 콘텐츠를 접하는 데 부담이 없다. 웹툰의 경우는 출판 만화와는 비교도 안 될 정도로 한 작품을 위해 다수의 작가가 공동 작업을 해야 하지만, 웹소설의 경우는 대부분 1인 창작으로 이루어지며 글쓰기만으로 가능하기 때문에 작가로 데뷔하기에도 수월하다. 거기다 순수문학과는 달리 형식에 얽매이지 않아도 되고, 전문 글쓰기 훈련을 받지 않더라도 작가의 개성이 곧 매력으로 독자에게 다가갈 수 있다.

독자의 연령층도 10대부터 70대까지 다양한 것이 특장점인데, 실제로 10대에 데뷔한 웹소설 작가는 나이가 듦에 따라 자신과 비슷한 연령대를 타깃으로 하여 계속해서 콘텐츠를 생산해냈다. 따라서 작가 본인이 절필하지만 않으면 작품 활동의 수명이 길다고 할 수 있다. 게다가 독자층도 분명한 소비 취향을 가진 데다 대중적이지도 않기 때문에 더욱 충성도가 높다.

BL은 더 이상 유해물로 분류되는 동성애 코드의 음란물이 아니다. 인권의 연장선 어느 지점에 존재하는 또 다른 로맨스다. 이 책은 전문적인 내용을 담고 있다기보다는 BL을 처음 접하는 사람들을 위한 안내서 역할이 더 크다. 필자는 BL 작가들이 더는 세상의 낙인이 두려워 어둠에 숨지 말고, 변화하는 세상의 흐름을 타고 양지로 나와 자신들의 재능을 마음껏 뽐내주었으면 하는 마음으로 용기를 내어 이 책을 쓰게 되었다. 한 마리의 후조시[1]로서, 독자로서 이 책을 내게 되어 기쁘고 북바이북 관계자에게도 감사드린다.

누군가 공간을 만들어주지 않으면 온라인에서의 활동은 지양하고 오프라인에만 몰리는 일본과는 달리 한국의 BL 향유층은 잡초와도 같은 생명력으로 스스로 플랫폼을 만들어 활동하는 경향이 강하기 때문에 앞으로도 BL의 전망은 매우 밝다.

---

1. 여성 오타쿠보다 넓은 의미로 각종 여성향 콘텐츠를 향유하는 사람들을 말한다. 남성은 후단시라 한다.

차례

BL 작가에게 듣는 BL 소설 쓰는 법 _프모리

부록 | BL 장르를 이해하는 데 도움이 되는 자료

1

BL(보이즈 러브)이란 무엇인가

야오이에 대해 먼저 알아보자

학창 시절 팬픽 좀 읽은 여성이라면 대다수가 BL보다는 '야오이'라는 단어에 더 친숙할 것이다. 야오이는 일본 동인 문화[1]에서 파생된 단어로, 클라이맥스가 없고(야마나시やまなし), 이야기의 완결이 없고(오치나시おちなし), 이야기의 의미가 없다(이미나시いみなし)고 한 데에서 기원하였다.[2] 여성 동인들이 자신들의 작품에 자조적인 의미를 담아 사용한 이 용어는 유명한 만화가인 사카다 야스코坂田靖子와 하쓰 아키코波津彬子가 소속된 만화 동인회 '라브리'의 기관지인 〈랏포리らっぽ

---

1. 동인 문화란, 근대화기에 주로 일본 유학파 출신 문인, 시인들이 함께 모여 발간하던 동인 잡지를 독립 출판 형태로 향유하던 것을 말하며, 미디어의 발달로 인하여 현재는 주로 서브컬처 활동을 하는 아마추어 만화가, 소설가 등이 출간하는 독립출판물 판매 문화를 말한다.

2. 박성희, 「야오이 세계의 연구」, 세명대학교 석사학위논문, 2005.

り〉 1979년 12월 20일 자에서 처음으로 '야오이 특집'[3]을 내세운 것이 그 시초라고 알려져 있다. 이러한 작품들이 나타나게 된 요인으로는 이미 1970년대 일본의 소녀 만화에서 소년 간의 동성애적 관계를 중심으로 한 미소년물 및 남성과 남성 간의 파멸적이고 탐미적인 동성애적 관계를 추구하는 〈JUNE〉(주네) 계열[4] 작품이 나타나고 있었다[5]는 사실을 들 수 있다.

다만 미소년물과 〈JUNE〉 계열 작품이 상업지를 중심으로 한 창작 작품으로 인간성의 탐구 및 특유의 탐미적인 미학을 추구하는 분위기를 강하게 품고 있었다면, 야오이는 그러한 의미 자체를 부정하고 기존 작품에서 아무런 연결성이 없는 남성 캐릭터 간의 관계성을 동성애적으로 재해석하는 내용을 중심으로 한다. 동인지를 중심으로 나타난 야오이는 원작의 패러디라는 점에서 보다 많은 창작자 계층과 팬덤 계층을 연결, 견인하여 동인문화를 확대했을 뿐만 아니라 원작의 세계관을 넓히고 판매에 큰 공헌을 하였다.

---

3. 일본어 위키피디아, 2012.10.19,
http://ja.wikipedia.org/wiki/%E3%82%84%E3%81%8A%E3%81%84

4. 〈JUNE〉는 1978년 일본에서 창간된 여성을 위한 남성 동성애 전문 만화 잡지다. 탐미적인 작품 경향으로 잘 알려져 있다.

5. 김종은, 「한국 동성애 만화 장르 특성 연구 : 페미니즘 관점을 중심으로」, 세종대학교 석사학위논문, 2013.

야오이는 21세기로 와서 BL이 되었다

BL은 Boy's Love의 대문자만 따서 조합한 신조어로, 예전에는 남성 간의 동성애를 표방한 장르물을 뜻하였으나, 요즘은 말 그대로 'Boy'의 범주에 들어가는 남학생 내지는 젊은 남자들의 로맨스를 뜻하는 장르가 되었다. 위에서 저술한 〈JUNE〉 계열 야오이보다 좀 더 가볍고 밝게 다룬 작품을 뜻한다.

이 용어가 처음 사용된 것은 한일 양국의 인터넷 보급, 확산 시기와 맞물린 1990년대 중반으로 알려져 있으며, 이후 야오이는 주로 패러디나 2차 창작(원작을 자신만의 독특한 시각으로 비틀어 풍자·패러디하여 파생된 창작 기법)으로, 그리고 BL은 상업출판의 한 장르로 굳어졌다.

그러나 한국에서는 BL이 1990년대 이후에 등장하였고, 야오이의 전성기였던 1980년대에 활동했던 동인 작가들이 프로 작가로 데뷔하여 BL 작품을 출판하는 사례가 많았기 때문에 독자들은 야오이와 BL의 개념을 따로 구분하지 않는 것이 일반적이다. 하지만 BL의 직접적인 기원을 야오이에서 찾아야 한다는 견해가 지배적이다. 그런 점에서 관련 업계 및 학계에서는 야오이를 2차 창작과 오리지널 작품 모두를 포괄하는 넓은 개념으로도 사용하며, BL은 장르 개념으로 사용한다.

그 이상의 연령대, 즉 어른 남자들의 동성애는 별도로 맨

즈 러브Man's Love(ML)[6]로 재파생되었으나, 이 책에서는 BL을 통상의 남성 동성애로 치환하여 BL이라는 장르에 대한 이해도를 높이기 위해 BL에 대해서만 기술한다.

『웹소설 작가를 위한 장르 가이드 1 : 로맨스』에는 "세상의 모든 로맨스는 사랑에 관한 이야기이다. 장르로서의 로맨스 또한 러브스토리가 중심인 서사 양식을 가리킨다. 두 사람이 우여곡절 끝에 서로의 사랑을 확인하는 이야기인 것이다"라고 되어 있다. BL 장르도 이와 궤를 같이 하는 '사랑 이야기' 중 하나의 하위 장르인 것이다. 그렇기에 로맨스가 가지는 주요 플롯과 스토리텔링은 BL에도 그대로 적용된다. 다만 일반 로맨스와 접근법이 다르고, 향유 방식이 다르며, 디테일이 다른 것이 BL의 특징이다.

BL은 로맨스와는 용어부터 완전히 다르기 때문에 입문 전에 반드시 짚고 넘어가야 할 것들이 많다.

---

6. ML은 보이즈 러브의 단골 소재인 성 정체성에 대한 혼란이나 풋풋함이 적고 현실적인 이야기가 많아 훨씬 애절하고 수위가 높은 편이다.

2

BL의 구조

장르의 구분은 독자가 한다

앞에서 이야기한 바와 같이 업계나 학계와는 달리 독자들은 야오이와 BL을 굳이 구분하지 않는다. 독자들은 이미 BL을 하나의 장르로 인식하고 있으며, 그들에게 BL은 오리지널(1차 창작)이냐, 패러디(2차 창작)냐로 구분된다.

독자들은 이 용어조차 n차 BL(비엘)의 발음을 줄여 일차벨, 이차벨, 삼차벨 등으로 부르는데, 웹소설에는 주로 일차벨만이 상업용 작품으로 취급되고 있다. 그러나 일차벨조차 조아라나 문피아, 로망띠끄 등에서 활동하던 아마추어 작가가 등단 및 출판한 경우가 적지 않다. 인터넷이 확산되면서 BL이란 용어가 출현하기 시작한 1990년대 중반, 아이돌 팬픽이 유행하면서 생긴 인터넷 소설 독자층이 그대로 웹소설 작가층이 된 것이라 해도 무방할 정도로 BL 장르의 잠재 작가와 독자층은 기하급수적으로 늘어났다. 이처럼 준비된 독자층 덕분에 웹소설 플랫폼들이 우후죽순 생겨나고 있는 지금도 BL 시장이 계속 확대되고 있는 것이다.

우리는 모두 설정의 노예

어느 n차벨이더라도 BL 장르의 웹소설이라면 특히 주목해야 할 점이 바로 '설정'이다. BL 장르에는 배경에 대한 설정, 캐릭터에 대한 설정, 관계에 대한 설정, 상황에 대한 설정, 작중 클리셰 등에 이르기까지 다차원적이고 복잡한 디테일이 필요하다. BL 소설은 만화보다 표현의 가능성이 훨씬 넓어질 수 있다. BL은 특성상 독자의 90퍼센트가 여성이기 때문에 그들의 상상력으로 각자가 다르게 향유할 수 있도록 유도 가능하다. 그것이 곧 작중 캐릭터를 입체적으로 표현할 수 있는 방법이기도 하다.

캐릭터의 외형을 설명하고자 할 때 사용하는 형용사에 따라 각자가 갖는 이미지가 다르기 마련인데, 이것을 그림으로 표현해버리면 독자에게 줄 수 있는 즐거움의 폭이 확연히 줄어든다. 이 점을 잘 이용하면, 설정 자체를 마음껏 요리할 수 있게 되어 하나의 작품으로도 독자에게 주는 느낌을 완전히 달라지게 할 수 있다. 특히 무협지나 판타지 소설과 달리 공식처럼 지켜야 하는 것이 적고, 인물 관계의 설정과 심리 묘사 역시 작가가 어떻게 풀어내는가에 달려 있다. 심하게 말해서 캐릭터의 대사 중 어디에 쉼표(,)를 찍고 마침

표(.)를 찍었느냐에 하나하나 카타르시스를 느끼는, 그야말로 고관여 독자가 적지 않다는 점이다.

BL 장르는 딱히 학구적으로 파고들지 않더라도 독자 스스로 작품을 접하는 과정에서 자신의 취향을 발견하고 자신이 요구하는 설정을 정립한다. BL 장르의 설정에 대해서는 뒤에서 알아보자.

3

BL
용어 백과

BL 기본 용어

브로맨스bromance

형제brother+로맨스romance를 조합한 신조어다. 남성 간의 사랑과 우정 사이의 미묘한 감정과 그 사이에서 발생하는 상황을 주로 다룬다. BL과 비슷한 장르지만, 성적인 묘사가 전혀 없다는 특징이 있다.

어원이 된 단어를 살펴보면 알 수 있듯, 형제라고 불릴 정도로 친밀한 사이의 진하고 애틋한 애정사를 강조하는 대신 두 인물을 노골적 연인 관계로 발전시키지 않는다. 이러한 특징 때문에 최근 서브컬처 외의 대중매체에서도 해당 용어와 설정을 사용하는 모습을 볼 수 있다.

브로맨스 계열의 창작물은 BL에서 느낄 수 있는 감정과 조화를 가져가되 일반 대중과 동성애를 부담스러워하는 소비자에게 긍정적으로 어필할 수 있다는 장점이 있다.

동인

서브컬처계에서 창작 활동을 하는 사람을 이르는 단어이다. 일본어 '同人どうにん'에서 파생된 단어이며 '예술 등을 본업으로 하지 않고 취미로 즐기는 사람'의 의미를 가진 서브컬처 계열의 아마추어라고 인식하면 편하다.

서브컬처의 범위가 넓고 포괄적이기 때문에 동인계 역시 다양한 활동을 펼치는 다양한 사람들이 모여 있다. 기존의 작품을 기준으로 2차 창작을 하는 팬들부터 창작 세계관과 창작 캐릭터가 중심이 되는 1차 창작, 아이돌 팬덤, 게임 플레이어 등 덕질하는 창작자들과 그를 소비하는 소비자들이 동인 활동의 주축이 된다.

특히 BL의 창작자와 소비자가 동인계에 많이 분포되어 있으며 해당 활동을 지속하는 도중에 프로로 전향하는 사례도 많이 발생하고 있다.

동인계의 가장 큰 특징으로는 동인 활동의 결과물을 인쇄, 출력하여 판매하는 형태의 동인지 판매전을 개최하고 교류한다는 것이 있다. 시대의 흐름에 따라 웹상에서 출판된 전자책 역시 동인지의 범주에 포함되기 시작하였고, 동인 활동의 범주 역시 넓어졌다.

동인지

동인지는 동인 활동을 하는 서브컬처 문화 향유자가 자신의 창작물을 이용하여 출판한 독립 출판물을 이르는 단어다. 다양한 형태와 규격으로 창작자가 원하는 만큼 소량 출판하여 수요가 있는 계층의 사람에게만 판매한다. 근래에는 소설 동인지와 만화 동인지의 차이가 없어졌는데, 제작된 동인지는 개인이 제작하여 판매하는 형태인 통신판매, 일정한 주기로 기업이 주도하여 열리는 동인지 판매전을 통한 판매, 특정한 주제를 정하여 개인 주최자의 주도하에 열리는 온리전[1] 등을 통해 소비자에게 유통된다.

동인지는 동인 활동의 핵심이다. 창작 활동을 하는 창작자에게 성취감과 어느 정도의 보상을 제공하는 매체이기 때문에 오랜 시간 동인계에서 중요한 콘텐츠로 역할을 해왔다. 동인지 출판과 판매 문화는 현재 다양한 방법과 플랫폼을 이용해 전자책, 전자출판물, 위탁을 통한 기업 단위의 판매 등으로 영역을 넓혀가며 향유자의 편의와 처우 개선에 지속적으로 기여하고 있다.

여성향

여성 소비자를 타깃으로 하는 작품 혹은 그 작품의 성향을

---

1. 단일 콘텐츠 플리마켓을 말한다. 영어 단어 only와 행사를 뜻하는 전展의 합성어다. 주로 단일 작품이나 단일 캐릭터, 단일 커플링이 주를 이루고 있다.

통틀어 이르는 단어다. '여성 성향의', '여성을 향한다'는 뜻으로 이해하면 편하다.

한마디로 여성이 재미와 흥미를 느끼고 좋아할 만한 창작물을 통틀어 여성향이라 이르며, 반대 개념으로는 남성향이 있다. 보통 BL 장르는 여성향의 한 갈래이자 하위 개념으로 분류한다.

부녀자

일본에서 건너온 단어로 표기는 '腐女子', 읽기로는 '후조시'로 읽는다. 한자 그대로 '썩은 여자들'을 뜻하는 멸칭으로 불렸으나, 어느 순간 이 단어 자체를 액면 그대로 받아들여 '그래, 우리는 썩었으니까 모두 부녀자다! 그래서 뭐!'라는 식으로 항변의 의미에서 사용하고 있다. 최근에는 '여성들에 의한, 여성들을 위한' 콘텐츠 전반을 후조시로 인용하기도 한다. 초기에는 BL 장르를 소비하고 창작하는 집단의 여성을 가리켰던 단어지만, 최근에는 여성향 작품에 성애가 포함되면 전반적으로 후조시라 부르고 있다. 후조시에는 BL과 GL(걸스 러브Girl's Love), 그리고 TL(틴스 러브Teen's love) 등 다수의 장르가 속한다. 하지만 한국의 정서에서 BL의 향유층을 특정하기 위해서는 부녀자 혹은 신조어인 BL러BL+er를 사용하면 된다.

다만 부녀자라는 단어가 일본 우익 웹사이트 중 하나인

니찬네루2ch에서 만들어진 단어로, 여자 오타쿠들을 향한 경멸과 조롱의 뜻으로 시작한 만큼 BL 향유자층이 사용할 때에도 주의를 기울이는 편이 좋다.

1차 창작

1차 창작이란 세계관부터 캐릭터, 설정과 스토리 등을 창작자 개인이 순수하게 직접 창작한 작품 혹은 그러한 성향의 영역을 이르는 단어다. 보통 소비자에게 유통되어 원작으로 불리는 작품들이나 유통 과정이 없더라도 어딘가에서 차용해온 것이 아니라 창작자 고유의 특성을 띠는 창작물의 경우를 1차 창작물이라 한다.

특히 동인계와 BL계에는 1차 창작의 영역에 개인의 창작 캐릭터, 즉 자캐(자기 캐릭터)를 포함하여 그 자체를 장르화하여 향유하는 문화가 있다. 이 경우에는 창작자 본인의 세계관 외 자캐 커뮤니티라고 지정된 특정한 모임에서 제공하는 스토리를 베이스로 캐릭터를 창작하기도 한다.

한국의 BL 1차 창작은 동인의 전문성과 특징은 그대로 가진 채 영리를 추구하는 전문 연재 페이지 사이에 미묘하게 발을 걸치고 있다. 대표적인 예로는 소설 페이지에서 연재되는 소설, 웹툰 페이지에서 연재되는 웹툰의 유료화를 들 수 있다.

2차 창작

특정 작품에 대한 애정과 관심으로 1차 창작물, 즉 원작의 설정과 인물 등을 차용하여 제작되는 모든 작품을 2차 창작이라 한다. 패러디는 원작을 차용하여 웃음을 주고자 변형을 준 2차 창작물, 오마주는 존중의 의미에서 원작 내용을 인용하여 재현함으로써 원작을 알리는 2차 창작물, 표절은 원작 자체의 형태를 가져가며 자신의 1차 창작물로 발표하는 2차 창작물이라고 이해하면 편하다.

현재 한국의 동인계와 BL계, 이른바 서브컬처로 분류되는 영역에서 일어나는 활동은 대체로 2차 창작에 기반을 두고 있다. 일본에서 수입된 만화나 애니메이션부터 한국 내에서 제작된 게임, 애니메이션, 뮤지컬, 아이돌, 드라마 등등 문화 콘텐츠로 분류되는 팬덤에서 자체 생산 및 소비되는 것이 일반적이다.

활성화되어 있는 SNS 플랫폼을 통해 교류하며 창작물을 나누고 그때그때 떠오르는 아이디어와 스토리들을 공유하는 것이 최근 2차 창작계의 흐름이다. 무엇보다 자급자족이 활발하게 이루어지고 있는 만큼 원작 이상으로 2차 창작의 수요 또한 상당하며, 때로는 2차 창작 덕분에 원작의 팬이 늘어나는 등 팬의 영향력을 보여주는 영역이기도 하다.

포지션

동인계와 BL계에서 사용하는 표기법은 공수, 왼쪽과 오른쪽, 탑 · 텀 · 멀티, A×B 등으로 다양하다. 성애 묘사가 주된 요소가 되는 BL 장르의 특성상 성행위 시 캐릭터의 위치를 중요하게 생각하는 소비자와 창작자가 많으며, 이는 곧 캐릭터의 해석, 즉 '캐해석'과 깊게 연관되는 경우가 많다.

보통 성행위 시 상대방 캐릭터를 덮치는 쪽을 공, 왼쪽, 탑 등으로 분류한다. 이와 반대로 성행위 시 상대방 캐릭터를 받는 쪽을 수, 오른쪽, 텀으로 분류한다. 이에 해당하지 않는 포지션 분류로는 공/수 모두를 겸하는 멀티 포지션, 한 캐릭터가 스스로 공/수를 겸하는 자공자수 등도 존재한다.

편의상 성행위를 기준으로 설명하였지만, 포지션은 소프트 BL로 분류되는 플라토닉의 경우나 캐해석, 혹은 창작자의 성향 등 다양한 이유와 기준을 통해 결정된다. 포지션은 어디까지나 개인적인 해석과 설정, 취향과 성향이 다분히 포함되는 부분이기 때문에 포지션을 결정하는 창작자 본인의 기준에 따라 설정하면 된다.

커플링

서브컬처계에서 커플을 이르는 단어로 특정 인물인 A와 B의 애정선을 지지할 때 사용한다. 공식적인 설정으로 커플인 경우, 공식은 아니지만 설정 등의 겹침으로 접점이 있는 경우, 접점은 없지만 애정으로 지지하는 경우 등 다양한 이유로 커플링을 맺게 된다.

일반적인 커플링의 조합법은 이름과 이름을 붙여 사용하는 것이다. 주의해야 할 점은 커플링을 지정할 때 포지션을 고려해야 한다는 것이다. 보통 공은 왼쪽에, 수는 오른쪽에 둔다.(ex : AB+CD 커플의 커플링은 AC 혹은 ABCD)

오리지널이 주가 되는 1차 창작의 경우에는 창작자가 주체적으로 공식 커플링을 지정할 수 있는 반면, 어떠한 장르든 1차 창작물을 팬 메이드의 2차 창작으로 끌어오게 되는 경우 개개인의 해석과 견해 차이로 인해 캐릭터 하나를 두고 다양한 커플링이 발생하기도 한다.

리버스

앞서 설명한 커플링의 하위 개념이다. 말 그대로 한 커플링을 반전시킨reverse 커플링을 리버스라 이른다. 보통 2차 창작계에서 많이 볼 수 있는 개념으로 한 커플링의 해석과 설정을 정반대로 뒤집어버리기 때문에 서로 추구하는 커플링이 리버스가 되면 해당 커플링을 지지하는 층 간의 불화가 잦다. 같은 캐릭터라고 해도 창작하고 소비하는 주체의 성향에 따라 전혀 다른 캐릭터로 소비되는 경우도 있기 때문에 리버스는 굉장히 예민한 문제로 취급되는 편이다. 급기야 '신리멸(신이여 저 리버스를 멸하소서)'이라는 신조어도 만들어질 정도다.

리버스 중에서도 자신이 지지하는 리버스 커플링에 큰 반감을 느끼지 않거나 좋아하는 성향을 리버시블reversible이라 이른다. 리버시블 성향의 향유자는 A와 B의 캐릭터 포지션을 ABA, 혹은 BAB 등으로 표기하기도 하며 리버스 커플링에 관대한 모습을 보인다.

캐해석

'캐릭터'와 '해석'을 합쳐 만들어진 '덕후 용어'다. 말 그대로 향유자가 캐릭터에 대해 가지고 있는 생각과 그 나름의 해석을 뜻한다. 특히 2차 창작에서 많이 사용되는 단어다.

향유자가 작품을 어떠한 방식으로 읽었는지에 따라 캐릭터의 성격은 미묘하게, 혹은 크게 달라진다. BL과 여성향, 후조시를 한데 묶어 말하기 좋은 것이 바로 이 캐해석인데, 그 이유로는 이것이 여성 특유의 향유문화, 즉 여성은 망상을 매개로 하는 향유 집단이기 때문이다. 말하자면, 남성들이 좋아하는 어떠한 여자 아이돌은 그 객체 그 자체를 뜻하고, 철수와 동수가 좋아하는 A라는 아이돌은 '같은 사람'을 말하지만, 여성 향유층이 좋아하는 남자 아이돌이 있다고 가정할 때, 영희가 좋아하는 B 아이돌과 현영이가 좋아하는 B 아이돌은 '다른 사람'인 것이다.

지속적으로 이루어지는 작품 해석과 함께 생성되는 것

이 캐릭터 해석이며 이는 함께 그 문화를 즐기는 사람들 사이에서 자신의 성향을 나타내는 지표로 사용되기도 한다.

수위

어떤 일이 진행되는 정도를 비유적으로 이르는 말이나 동인계에서는 노출 및 성행위의 강도 및 척도로 사용한다. 통상적으로는 '수위가 낮다', '수위가 높다'는 식으로 창작물에 드러나는 성적 요소의 정도를 표시한다.

기준은 창작자의 재량 혹은 창작물을 서비스하는 기업이 제공하는 기준에 따라 달라지지만 방송통신심의위원회에서 제공하는 인터넷 내용등급 서비스(www.SafeNet.ne.kr)에서 등급 기준을 참고해보아도 좋겠다.

소프트 BL

플라토닉 러브platonic love와 맥을 같이 하는, 수위가 없는 BL 장르를 표기할 때 사용한다. 관능적이고 육체적인 관계보다는 순수하고 정신적인 교감을 주된 소재로 삼거나 폭신폭신하고 부드러운 분위기를 지향한다.

명칭이 무색하지 않게 소프트 BL을 대표하는 작품들 또한 스킨십의 최대 한도가 키스로 끝나는 등 수위가 높지 않다. 또한 강렬한 육체 행위 대신 인물 간의 교감 묘사가 도드라지는 등 남성 간 연애의 드라마성에 초점을 맞추고 있는 작품이 많다.

부드럽고 따스한 소프트 BL이 있는가 하면 행위 묘사만 없을 뿐 하드 BL보다 진득하고 강렬한 소프트 BL도 있다. 전 연령대를 기준으로 한 BL의 범주를 포괄하는 단어로써 소프트 BL을 사용한다고 기억하는 편이 좋겠다.

하드 BL

소프트 BL이 수위가 없는 BL 장르라면 하드 BL은 수위를 빼면 이야기가 진행되지 않는 BL 장르라고 생각하면 된다. 다만 향유자 사이에서도 무조건 성애 묘사가 들어가면 하드 BL로 분류하는 경우와 성애 묘사 중에서도 강한 소재를 사용하는 작품만 하드 BL로 취급하는 경우가 있다.

하드 BL은 강간, 윤간, 엠프렉(남성이 임신하는 BL물 클리셰 중 하나로 주로 수가 임신한다), 불륜, 근친 등의 윤리적인 부분이 문제가 되는 소재와 일반적으로 허용하기 힘든 고어, 촉수, 조교(조련의 의미를 지닌 일본어 단어다. 동성 간 관계에서 능욕, 구속, 세뇌 등의 의미가 있다), SM 플레이 등을 소재로 삼는 경우가 잦으므로 창작자와 소비자의 성숙한 향유 문화 정착이 필요하다.

하드 BL을 추구하는 작품들이 애초에 성인물을 지향하고 있기 때문에 플라토닉이나 소프트 BL보다는 스토리 자체가 자극적인 작품들도 꽤 찾아볼 수 있다. 소프트 BL이 그러하

듯 하드 BL 내에서의 장르와 작품들의 범위도 상당히 넓다. 소프트 BL이 전 연령대를 기준으로 하듯 하드 BL을 성인 이용가의 영역으로 분류하여 기억해두면 되겠다.

창작 소재에 따른 클리셰

장르

일반적으로 알고 있는 SF, 로맨스, 드라마, 액션 등의 장르와는 달리 향유층 스스로 만들어낸 신개념 장르들은 ××물物로 통칭할 수 있다. 장르의 설정은 말 그대로 작품을 카테고리화하는 작업이라고 보면 된다. 창작물의 내용을 누구나 알 수 있도록 정형화된 단어로 표현함으로써 향유자가 긴 설명 없이 알아볼 수 있도록 태그를 다는 것이다.

앞서 설명한 것과 같이 동인계에서는 주로 '단어+물'로 표현하고 있다. 현대 사회에 이르러 콘텐츠의 장르는 복잡해지고 세분화되었다. 간편하게 설명하자면 마법사물로 설명할 수 있는 『해리 포터』가 센세이션을 일으키며 하나의 장르화가 된 현상을 들 수 있다.

장르가 다양하고 복잡하다고 해서 작품을 설명하는 데 두려움을 느낄 필요는 없다. 아직까지 전체 장르를 대표하는 큰 맥락의 카테고리가 있으며, 해당 카테고리 몇 개만 알아도 충분히 작품을 설명할 수 있다.

이와 정반대로는 자신의 작품을 장르화하는 방법이 있다. 가령 기존의 마법 소녀물과 차별화하여 우주의 마법 소녀들을 다룬 창작물에 코스믹cosmic 마법 소녀물이라는 장르를 부여한다고 해보자. 작품의 의도와 장르는 한번에 와닿을 수 있지만 해당 방법으로는 작품을 소비하는 향유자를 납득시키거나 설득할 수 없을지 모르니 주의해서 사용해야 한다.

- 개그물 : 말 그대로 웃기는 것을 작품의 주된 요소로 삼는 장르.
- 메카물 : 기계를 뜻하는 메카닉의 앞자를 따와 사용하며 보통은 로봇물을 뜻함.
- 스포츠물 : 실제 스포츠 장르를 창작물의 소재로 사용하는 장르.
- 학원물: 일본의 학원, 한국의 학교의 개념을 가진 공간에서 이야기가 진행되는 장르.
- 누아르 : 프랑스어로 '검다noir'에서 출발한 개념, 어둡고 진지한 분위기를 추구하는 장르.
- 생존물: 극한의 상황에서 살아남는 것을 등장인물들의 목표로 하는 장르.
- 아고물: 아저씨와 고등학생의 줄임말. 키잡 혹은 역키잡(키잡은 '키워서 잡아먹는다'의 준말이며 역키잡은 그 반대의 상황을 가리킨다. 이 책 43쪽을 참고하라)을 소재로 하는 장르.

기반

기존에 있던 1차 창작물의 세계관 및 설정을 차용하였음을 밝히고 개인의 창작물에 사용하거나, 원작을 존중하는 선에서 2차 창작을 가미하는 행위를 보통 ×× 기반의 창작물이라 한다.

해당 용어는 어디까지나 기반이 되어줄 1차 창작물이 있다는 전제하에 성립하기 때문에 2차 창작의 영역에서만 사용 가능한 단어라고 보아도 무방하다.

원작을 기반으로 한 창작물을 기획하고 있는 경우 유의해서 창작해야 할 부분은 자신의 창작물이 1차 창작물과 필수불가결한 관계임을 인지해야 한다는 점이다. 비영리적인 목적으로 사용할 때는 해당 세계관에 대한 원작자의 입장을 알아두어야 하며, 영리적인 목적으로 사용할 때는 원작자와 협의하거나 반드시 동의를 얻어야 한다.

RPS(Real Person Slash)

실존 인물을 뜻하는 'Real Person'과 동성 커플링이라는 뜻의 'Slash'의 합성어다. 동성 커플링이 아닌 실존 인물 간의 커플링 창작은 RPF Real Person Fiction로 표기한다. 2.5D(2D와 3D 인물 사이, 즉 3D의 실존 인물이 연기한 2D 캐릭터를 이르는 단어)와 긴밀한 연관성이 있는 장르이기도 하다. 예를 들면 로버트 다우니 주니어가 연기한 아이언맨을 크리스 에반스가 연기한 캡틴 아메리카와 엮는다면 2.5D 창작물이 되지만, 로버트 다우니 주니어와 크리스 에반스를 엮으면 RPS가 된다. 어떤 향유자는 2.5D까지 RPS의 한 장르로 보지만 어떤 향유자는 2.5D와 RPS를 다른 장르로 보기 때문에 아직 확실하게 정립되어 있다고 보기는 어렵다.

캐릭터가 아닌 실존 인물을 창작의 대상으로 삼기 때문에 창작물의 대상자인 실존 인물이 불쾌해 할 수 있으니 창작 시 주의를 기울여야 한다는 특징이 있다.

AU(Another Universe)

'만약'이라는 질문에서 시작하여 다른 세계관과 다른 시간축에서 벌어지는 같은 인물의 이야기를 다루는 설정이다.

간편하게 설명하자면 등장인물의 캐해석을 유지하며 직업, 나라, 세계, 우주 등의 외적 요소만 바꾸는 작업이라고 보면 된다. 원래의 세계관에서 벗어나 그 인물의 다양한 면면을 묘사해볼 수 있다는 점에서 창작자들 사이에서 꾸준히 인기를 누리고 있는 설정이다.

패럴렐parallel, 패럴렐 월드, 병렬 세계, 평행 세계 등의 명칭으로 불리기도 한다.

XX버스(XX+verse)

영어권 팬덤에서 유래하였다. 표기 방법은 설정의 주가 되는 단어를 앞에 표기한 뒤 영어 단어 verse를 뒤에 붙이는 것이다. 주로 창작 세계관 설정을 특정할 때 쓰인다.

××버스는 하나의 브랜드로 보면 이해할 때 편하다. 개인이 창작한 세계관과 설정이 다수가 사용하기 편하게 정리되어 장르화가 이루어진 것이 바로 ××버스 시리즈다. 특정 팬덤에서 활발하게 사용하던 AU 설정이 인기를 얻었고, 그 AU 설정에 verse라는 이름을 붙여 관리하기 시작하며 하나의 장르로서 확정되었다.

개인이 창작하여 배포하는 작품에는 접미사처럼 verse가 따라붙게 되었으며, 결과적으로는 이를 통해 ××버스의 쓰임이 정형화되었다고 보면 된다. 대표적인 세계관은 하단에 따로 정리해두었다.

가장 자주 사용되고 유명한 세계관으로는 오메가버스, 센티넬버스, 네임버스 등이 있으며 창작자와 그 쓰임에 따라 설정을 추가하거나 제거한 버전이 다수 존재한다.

- 오메가버스 : 동성 임신이 가능한 세계관. 최상위 계층인 알파와 그의 영향을 받는 오메가, 아무런 영향도 받지 않는 베타로 나뉨. 알파는 오메가를 임신시킬 수 있으며 일종의 발정기인 히트사이클 설정이 존재함.
- 센티넬버스 : 이능력을 가졌으나 불안정하여 시한폭탄과 같은 센티넬과 신체 접촉을 통해 센티넬을 진정시킬 수

있는 가이드가 존재하는 세계관. 센티넬의 능력 사용 정도가 심해질수록 가이드의 신체 접촉 농도가 진해진다는 특징 있음.

- 네임버스 : 태어날 때 신체 부위 일부에 소울메이트의 이름이 새겨진 채 태어남. 본딩을 통해 소울메이트끼리 결합할 수 있음. 본딩이 완료되면 서로를 간접적으로 느낄 수 있으며 사망 시 귀속된 다른 하나도 사망하게 됨.

BDSM

Bondage(구속), Discipline(훈육), Dominance(지배), Submission(굴복), Sadism(가학), Masochism(피학)의 여섯 성향을 통칭하여 이르는 성적 용어의 한 가지다. 흔히 SM이라 알고 있는 장르는 해당 장르를 이르는 단어 중 'Sadism'과 'Masochism'의 알파벳 앞 글자만을 따온 단어다.

상대방보다 우위에 서서 상대를 통제하고 구속하는 역할을 도미넌트dominent(줄임말로 돔), 상대방에게 복종하는 역할은 서브미시브submissive(줄임말로 섭)로 지칭한다.

가학 성향의 자극을 받으면 성적으로 흥분하는 사람과 피학 성향의 자극을 받으면 흥분하는 사람이 파트너십을 맺고 관계를 갖는 행위를 통틀어 BDSM이라 한다. 흔히 알고 있는 체벌, 방치, 구속 등의 행위를 상호 동의 하에 진행하고, 그 과정에서 성적 쾌락을 얻는다.

크로스오버

AU가 캐릭터성을 유지하며 평행세계의 이야기를 즐기는 설정이라면 크로스오버는 서로 다른 장르 간의 혼합을 기본으로 하는 설정이다. A장르의 캐릭터를 B장르의 캐릭터와 만나게 하거나 A장르의 세계관 속에 B장르 캐릭터를 집어넣는 등의 장치로 활용하는 것이 일반적이다.

공攻의 개념과 종류

BL 창작물에서 성행위 시 탑 역할을 맡는 쪽을 통틀어 '공'이라 한다. 플라토닉 성향이라 해도 개인의 캐해석과 취향에 따라 공을 지정해놓는 경우가 많다. 왼쪽, 세메攻め 등의 호칭으로 불리기도 한다.

창작물과 개인의 성향을 어필하기 위해 공 역할을 부여하는 캐릭터의 성향과 성격을 정의하여 '××공' 등으로 표기하기도 하며, 오랜 시간 사용하여 정형화된 단어의 수가 상당하다. 몇몇 케이스를 정리하였으니 하단을 참고하자.

- 황제공 : 말 그대로 직업이 황제인 경우, 황제 같은 성격을 뜻하는 경우.
- 강공 : 같은 공 성향의 캐릭터도 누를 수 있을 정도의 강한 성향을 띄고 있는 경우.
- 미인공 : 아름답거나 예쁜, 평균 이상의 수려한 외모를 가

지고 있는 경우.

- 연하공 : 수로 엮이는 상대보다 나이가 많지 않은 경우.
- 집착공 : 심한 집착 성향을 보이는 경우, 흑화 루트/얀데레 루트를 타기 쉬움.
- 후회공 : 초반에 냉정, 무심한 반응을 보이다가 엮이는 상대를 사랑하게 되는 경우.
- 다정공 : 성격과 행동이 다정하고 상냥한 경우, 신조어 벤츠남과 함께 사용되기도 함.
- 키작공 : 수로 엮이는 상대보다 키가 작은 경우.

수受의 개념과 종류

BL 창작물에서 성행위 시 바텀 역할을 맡는 쪽을 통틀어 수라 한다. 오른쪽, 우케受け 등의 호칭으로 불리기도 한다. 수에 사용되는 한자는 '지킬 수守'가 아닌 '받아들일 수受'다.

창작물과 개인의 성향을 어필하기 위해 수 역할을 부여하는 캐릭터의 성향과 성격을 정의하여 '××수' 등으로 표기하기도 하며, 오랜 시간 사용하여 정형화된 단어의 수가 상당하다. 몇몇 케이스를 정리하였으니 하단을 참고하길 바란다.

- 무심수 : 공의 구애에도 무심한 반응을 보이는 경우. 후회공과 엮이는 경우가 많음.
- 꽃수 : 외형이 곱고 예쁜 수의 경우. 미인공과 비슷한 성

향을 보임.

- 연상수 : 공으로 엮이는 상대보다 나이가 많은 경우.
- 평범수 : 큰 특징 없이 능력과 외모가 평범하게 묘사되는 경우.
- 지랄수 : 입이 험하고 성격이 까탈스러워 상대하기가 몹시 힘든 경우.
- 떡대수 : 체격이 건장하고 외모가 남성적인 경우.
- 찌질수 : 성격이 소심하고 무엇하나 뛰어난 게 없는 경우.
- 유혹수 : 성애 관계에서 적극적으로 대쉬하고 리드하는 경우.

다만 최근에는 이 공수 개념을 조금 더 부드럽게 치환하여 왼쪽과 오른쪽 어느 포지션에 놓는가를 두고 캐릭터를 바라보기 때문에 왼캐와 른캐라는 명칭으로 부르기도 한다.[2]

서브공/서브수

일반적인 의미로는 BL을 다루는 스토리물에서 주인공 커플링의 곁에 등장하는 다른 커플링 혹은 삼각관계 등으로 얽히는 보조 역할을 하는 등장인물을 뜻한다.

서브공/서브수와 메인 주인공과의 러브라인을 적극적으

2. 공수 개념이 일반인들에게 많이 알려진 관계로 여성향만의 새로운 암호화된 단어를 파생시킨 것이 아니냐는 의견을 내는 층도 적지 않다.

로 다루는 창작물이 있는가 하면 서브 커플링으로만 운영하는 창작물도 있다. 간혹 이들과 메인 주인공을 엮어 이루어질 수 없는 금단의 사랑을 탐하는 향유자들도 있다.

성반전

커플링의 조합 중 한쪽이나 양쪽의 성을 전환하여 창작하는 설정을 일컫는다. BL 커플링에서는 남성×여성, 여성×남성, 여성×여성으로의 케이스 전환이 가능하다. 트랜스젠더, 젠더스왑, 젠더밴딩 등으로 불리기도 한다.

수인

'짐승 수獸'에 '사람 인人'을 결합한 단어다. 동물을 의인화하거나 동물의 형태를 띠고 있는 인간형의 생물을 이른다. 토끼의 긴 귀와 꼬리를 따오면 토끼 수인, 독수리의 날개와 발톱 등을 따오면 독수리 수인이 되는 식이다.

인간과 동물의 비율에 따라 수인을 이르는 단어도 상당히 달라진다. 동물과 사람의 형태가 적절히 섞여 각각의 특징이 도드라질 때에만 수인으로 치는 사람도 있고 동물의 모습이 많이 남아 있지 않아도 특징만 찾아볼 수 있다면 수인으로 치는 경우도 있다.

여장

남성 캐릭터가 여성의 옷을 입거나 치장하는 행위를 뜻하는 단어다. 캐릭터의 성향에 따라 스스로 원해서 여장을 하는 크로스드레서Crossdresser와 외부의 요구나 상황에 따라 어쩔 수 없이 여장을 하는 경우로 나누어볼 수 있다.

키잡/역키잡

키잡은 '키워서 잡아먹는다'의 준말로 커플링 중 왼쪽의 나이가 많고 오른쪽의 나이가 어릴 때 사용한다. 보통은 나이가 어린 수를 적정 나이가 될 때까지 정성을 들여 키워주던 공이 어떠한 기점을 계기로 수와 연인 관계로 발전하게 될 때 키잡물, 혹은 '키잡했다'는 표현을 사용한다.

역키잡은 키잡의 반대 개념이다. 나이가 어린 공이 수에게 정성껏 보살핌을 받고 자라나 보살펴주던 수와의 관계에서 우위를 점하게 되었을 때 보통 '역키잡했다' 혹은 '역키잡당했다'는 표현을 사용한다.

XX데레

일본에서 건너온 단어로 쑥쓰러워하는 태도의 의태어인 '데레데레'의 앞에 캐릭터 성격의 속성이 붙는다. 온갖 파생어가 있지만 ××데레의 포인트는 태도에서 나타나는 갭(gap)이다.

가장 유명한 데레인 '츤데레'를 예로 들자면 평소에는 까탈스럽고 감정 표현이 서툰 캐릭터가 좋아하는 사람과 함께 있을 때에는 부끄러워하거나 무척 살가워진다. 맨 처음 발생한 츤데레 외에 대표적인 사례 몇 가지를 정리해두었으니 하단을 참고하자.

- 쿨데레 : 감정을 잘 드러내지 않는 캐릭터가 특정 상황에서 드물게 데레거리는 경우.
- 얀데레 : 데레의 정도가 심해져 애정 표현의 정도가 병적인 수준에 이르는 경우. 심해지면 병적 수준을 넘어 광적 수준의 애정으로까지 묘사되기도 함.
- 메가데레 : 츤데레에서 까탈스러운 성향을 뜻하는 츤이 빠지고 데레가 극대화되는 경우.
- 시발데레 : 한국에서 생성된 츤데레의 아종으로, 하는 말마다 욕설을 붙일 정도로 언사가 거칠지만 그 행동이 화가 나거나 격한 감정에서 비롯한 것이 아닌 데레에서 비롯된 경우.

2세

커플링의 당사자들이 낳은 2세, 즉 아이가 생겼을 때를 가정한 일종의 AU 설정이다. BL 커플링에서는 엠프렉male pregnancy, 즉 동성 임신 요소가 있으므로 몇몇 향유자는 기피

하는 설정이기도 하다.

하지만 애정해 마지않는 캐릭터들을 닮은 아이의 유혹이 상당히 강력해서인지 BL 커플링의 2세 설정 창작물이 나오는 경우는 생각보다 쉽게 찾아볼 수 있다.

2P

캐릭터의 설정이나 외모를 반전시킨 창작물을 뜻한다. 리버스, 네거티브 등의 용어로 불리기도 한다. 단어의 기원은 격투 게임에서 각각의 플레이어가 동일한 캐릭터를 골랐을 때 색상을 반전시켜주던 것에서 비롯한 것이라는 설이 유력하다.

착하고 선량한 캐릭터가 세상에서 둘도 없는 악당으로, 피도 눈물도 없는 인물이 유약하게 바뀔 때의 차이가 무척 매력 있기 때문에 동인계에서 자주 사용하는 설정이다.

귀축

원래 단어의 의미대로라면 아귀餓鬼와 축생畜生을 이르는 말로 성격과 성질이 잔혹하고 일말의 양심도 없이 악한 일을 저지를 수 있는 사람을 뜻한다.

BL계에서는 주로 상대방을 향한 애정 없이 정복욕과 독점욕 등으로 점철된 자신의 감정을 잔인하고 난폭한 방법으로 표현하는 인물을 일컫는다.

음주

고전적인 소재 중 하나다. 창작물에서 주로 사용하는 음주 소재는 캐릭터의 평소 모습과 음주 후 솔직해지는 모습을 위한 클리셰로 자주 활용한다.

가령 무뚝뚝하고 말수가 적던 사람이 음주 후에는 활달하고 유쾌하게 바뀐다거나, 꼭 필요한 이야기를 숨기고 있는 인물을 만취하게 해서 속내를 털어놓게 하는 등 소재의 쓰임은 다양하다. 단 미성년자의 음주를 다룰 때는 주의하도록 한다.

유혈

혈액 묘사와 출혈을 유발하는 상해 요소가 들어 있을 때 유혈 소재를 사용했다고 볼 수 있다. 경미한 출혈 묘사는 생략하는 경우가 많지만 일상 생활에서 볼 수 없을 수준의 혈액 묘사나 혈액을 잔인하게 묘사한 경우에는 창작물에 유혈 요소가 있다고 미리 알려주기도 한다.

고어

살인, 인체 해부, 절단 등의 코드와 깊은 연관이 있다. 소재 중에서도 하드코어한 소재로 분류한다. 유혈 요소를 동반한 신체 훼손이 소재의 핵심이 된다.

고어 요소가 있는 창작물에는 웬만하면 면역이 없는 다른 향유자를 위해 소재를 사용하였음을 알려주는 편이 좋다.

달달

단어 그대로 달콤하고 다정한 연애를 주된 소재로 사용하는 장르다. 해당 커플링을 지지하는 사람을 흐뭇하게 만드는 애정 행각이 주를 이룬다. 찌통(가슴 아픈 아련하고 슬픈 감정을 말한다)을 유발하는 다른 소재와 함께 사용하는 경우도 있는데 이 경우에는 행복하지만 슬픈, 모순적 감정을 극대화할 수 있다.

힐링

몸과 마음의 치유를 뜻하는 단어 '힐링healing'의 뜻 그대로 편안하고 느긋하게 즐길 수 있는 창작물에 이르는 말이다. 여러 가지 의미와 용법으로 사용되지만 대체로 창작물의 분위기가 부드럽고 따뜻하며, 도드라지는 갈등 요소가 없을 때 이를 힐링물이라 칭한다.

시리어스

무거운 분위기를 지향하며 다루는 소재나 주제가 진지할 때 사용한다. 시리어스 소재의 창작물은 향유자의 기분 전환을 위한 최소한의 개그나 농담도 지양하는 편이다.

앵스트

불안angst한 분위기를 창작물 전반에 깔아 등장인물들의 심리 갈등을 주된 소재로 삼는 장르다. 신체에 가해지는 고통보다 마음으로 느끼는 고통의 묘사를 세밀하게 그려낸다는 특징이 있다. 앵슷이라고 표현하기도 하며 피폐물의 한 갈래로써 사용된다.

아포칼립스

모종의 사건으로 세계가 파멸되었거나 파멸되어가는 이야기를 다루는 장르다. 인류 멸망을 주된 소재로 다루는 만큼 세계관 및 배경이 굉장히 무겁고 시리어스한 경우가 많다.

아포칼립스 내에서도 장르가 굉장히 다양하게 분화된다. 아포칼립스 소재의 종류로는 널리 알려진 좀비 아포칼립스, 핵 사고 혹은 전쟁 이후의 세계를 다루는 뉴클리어 아포칼립스, 자연재해로 인한 파멸, 인구의 감소로 인한 멸종 위기 등이 있다.

배틀로얄

서브컬처적 쓰임새의 배틀로얄은 소설 원작의 영화 〈배틀로얄〉에서 룰과 명칭을 얻어 파생된 장르다. 실험, 복수, 게임 등의 다양한 목적을 가지고 누군가가 일정 인원을 폐쇄된 장소에 모아 넣고 서로를 죽이는 살육전을 강요한다는 클리셰가 필수적인 소재다.

인간이 생존을 위해 어디까지 나락으로 떨어질 수 있는지를 보여주는 작품이 많아 향유자의 멘탈을 위협하는 장르 중 하나로 취급한다.

리맨

회사원을 뜻하는 샐러리맨의 줄임말이다. 직장인 최대 금기로 여겨지는 사내社內 연애의 사내[男] 연애 버전으로 이해하면 편하다. 각잡힌 수트, 비밀 연애, 풀어헤친 셔츠와 넥타이 등이 대표적인 코드다.

다공일수/일공다수

한 창작물 내에 한 명의 수와 다수의 공으로 커플링을 만들거나 반대로 공 하나에 여러 수를 커플링으로 엮는 경우를 일컫는 단어다. BL판 하렘물(한 명의 상대에게 다수의 성적 대상이 부여되는 클리셰. 이성애 로맨스물에도 자주 등장하는 설정이다)이라고 보아도 무방하다.

연령 반전

공과 수의 연령을 서로 바꾸어 창작하는 경우를 일컫는다. 나이 차가 크게 나는 커플링이나 항상 나이로 투닥거리는 배틀 호모 커플에게 사용하면 꽤 큰 효과를 볼 수 있다. 꼭 연령 반전을 시키지 않고 임의로 나이를 조정하여 연식으로 고정되어 있던 커플 사이의 룰을 깨고 변화를 주는 소재로 사용하기도 한다.

낮이밤져/낮져밤이

낮에는 이기고 밤에는 져주는 사람과 낮에는 져주고 밤에는 이기는 사람의 줄임말이다. 여기서 밤이란 침대 위를 뜻하므로 수위가 있는 창작물에서 자주 볼 수 있는 단어다.

쇼타

어린 남자아이, 즉 소년을 이르는 일본어다. 어린 남자아이에게 성적인 애정이나 사랑을 느끼는 사람을 일컫는 쇼타콤과 연관되어 사용되기도 한다. 해당 소재를 사용할 때에는 창작자의 주의가 필요하다.

차원 이동

등장인물이 원래 살아가던 세계에서 다른 차원으로 이동하며 겪는 이야기 혹은 그러한 소재를 일컬어 차원 이동물이라 한다.

주인공은 고차원적이고 신비한 힘에 의해 차원을 이동하게 되며, 넘어간 차원은 원래 살아가던 세계와는 지극히 다른 모습을 띠고 있다는 것이 특징이다. 차원을 이동한 등장인물은 대체로 원래 차원으로 돌아갈 방법을 찾아 고군분투하지만 귀환 방법이 무척 어렵거나 불가능하다는 설정이 따라붙는다.

할리킹

여성향 B급 로맨스 소설을 뜻하는 할리퀸을 BL 풍으로 치환한 단어다. 신데렐라물의 BL 버전으로 생각하면 쉽다. 평범한 일상을 살던 수가 절륜(다방면으로 고루 능력이 있는)한 공을 만나 사랑에 빠지는 내용을 기반으로 하고 있는 만큼 로맨스물의 클리셰가 골고루 포함되어 있는 것이 특징이다.

먼치킨

작품 내에서 이길 자가 없는 비정상적으로 강한 캐릭터를 일컫는 단어다. 축약어인 '먼닭'으로도 사용할 수 있다.

적이 없고 나타났다 하면 모든 문제를 해결해버리는 통에 먼치킨 캐릭터를 꺼리는 향유자도 제법 있지만 특유의 시원시원한 해결 능력과 큰 스케일 덕에 팬층도 상당하다. 대표적인 캐릭터로는 펀치 한 번으로 모든 괴수를 정리해버리는 만화 『원펀맨』의 주인공 사이타마가 있다.

조폭

BL계에서 조폭은 일본에서는 야쿠자, 한국에서는 조직 폭력배로 불리는 집단 혹은 집단 속의 누군가와의 러브스토리를 위한 소재로 사용한다. 남자들의 위험하고 의리 있는 세계라는 이미지가 강해서인지 BL에서는 심심치않게 찾아볼 수 있는 장르이기도 하다.

소재가 소재이니만큼 작품의 분위기도 거칠고 강하며 폭력, 유혈 요소가 필수적으로 포함되어 있는 경우가 많다. 해당 소재의 경우에는 자칫 미화되어 사용될 수 있으므로 창작자의 주의가 필요하다.

이 밖에도 BL 향유층들이 사랑하는 클리셰는 수도 없이 많다. 작가 역시 자신의 취향을 반영한 작품을 만드는 편이 재미있고 독자도 재미있다. 우선은 자신의 취향을 확고히 발견하고 재정립하는 것이 가장 중요하다.

4

한국 BL의 역사

야오이의 수용과 PC 통신[1]

1988년 서울올림픽을 거친 뒤 한국 사회는 1990년대 전반까지 다양한 변화를 겪었다. 이 시기는 경제 성장을 배경으로 국민의 소비 능력이 높아진 결과 문화산업이 태동하기 시작한 시기이기도 하다. 해외여행 자유화는 청년들의 해외 경험을 촉진시켰고 외국의 문화 상품에 대한 수요와 갈망을 증대시켰다. 그리고 이 덕에 당시 공적으로 수입이 금지되어 있던 일본의 대중문화가 불법 번역판으로 속칭 '보부상'들의 손에 들려 시중에 쏟아지게 되었다. 특히 여성 중심의 동인(만화 창작 동호회)들이 주도하던 1980년대의 동인문화와는 달리, 1990년대에 접어들어 전반적인 한국 만화의 활

1. 이하 내용은 서울대학교 HK연구소 김효진 조교수의 「'동인녀의 발견과 재현' 연구」, 『아시아문화연구』 30, 2013, 43~75쪽에서 상당 부분 발췌 및 인용하였다.

황기에 동인 문화는 야오이(Y물)의 수입과 PC 통신의 발달로 인해 큰 변화를 겪는다.

1990년대 이후 젊은 세대의 일부는 그 당시 공식적으로 수입되지 않았던 일본의 만화와 애니메이션, 게임 등을 밀수입하거나 해적판을 통해 접하게 되었는데, 이때 관련 정보가 수집되고 교환된 것이 바로 PC 통신이었다.

일본 동인문화의 경우, 1980년대에 '아니파로(아니메 패러디アニメ・パロディ의 준말)'와 만화, 애니메이션, 게임 등에 등장하는 남성 간의 성행위를 동반한 동성애적 관계를 묘사하는 야오이가 큰 인기를 끌게 되면서 오자키 미나미, 고가 윤高河ゆん, CLAMP 등 2차 창작 동인 출신의 프로 작가가 등장하게 되었다. 이들의 상업 작품은 1990년대 초에 한국에 해적판 형태로 소개되었다. 이들의 작품은 역사와 운명의 소용돌이에 휘말린 남녀의 로맨스가 많았던 한국의 순정만화와는 완전히 다른 유형의 만화로, 한국 순정만화 팬들에게 매우 신선하게 받아들여졌고 자연스럽게 팬덤이 형성되었다. 특히 이 중에서도 가장 대표적인 작품은 1993년 해적판이 출판된 오자키 미나미의 『절애』, 『BRONZE』였다. 많은 독자들이 『절애』를 BL 입문의 계기로 꼽고 있다는 점에서 『절애』 해적판의 출판이야말로 한국의 BL 수용과 정착에서 빼놓을 수 없는 사건이다.

그리고 이런 유행은 1991년에 서비스를 개시한 하이텔,

천리안(1992년 개시), 나우누리(1994년 개시) 등의 PC 통신상에 개설된 '커뮤니티'를 중심으로 퍼져나가기 시작했다. 공식적으로는 일부를 제외하고 일본 대중문화 수입이 규제되고 있던 상황에서 일본의 만화, 애니메이션 등으로 대표되는 오타쿠 문화만이 아니라 영화, 음악, 드라마 등의 팬들이 정보를 찾아 모여들었던 PC 통신은 서울 및 부산 등 일부 도시 지역 중심으로 정보가 극히 한정되어 있던 일본 대중문화의 수용 상황을 급격하게 변화시켰다.

보부상을 통해 몰래 수입되었던 만화 단행본과 잡지 들에 실려 있던 정보들을 팬들 스스로 번역하여 PC 통신의 커뮤니티에서 공유함으로써 보다 많은 팬덤 계층이 형성되었다. 더 나아가 1990년대 초반 실시된 해외여행 자유화로 인해 이들 팬들은 직접 일본을 방문하여 만화, 애니메이션, 게임 등을 입수하였을 뿐 아니라 직접 일본의 대규모 동인 플리마켓인 '코믹마켓Comic Market' 등을 방문하여 동인지를 구입하는 이들도 적지 않았다.

BL이 한국에 수입된 시기에 대해서는 구체적인 자료가 남아 있지는 않지만[2] 힌트가 되는 것은 한국 순정만화 2세대와 3세대 사이에 데뷔한 이정애의 사례다. 그녀는 기존의 순정만화와는 달리 남성과 여성이라는 젠더 규범을 넘어선 제

2. 공신력 있는 논문, 학술 저서, 출판 미디어에서도 찾아보기 힘들다. 그 시대를 지내왔던 사람들의 구전으로만 대략의 시기를 짐작할 뿐이다.

3의 성을 지닌 주인공들의 연애와 인간관계에 초점을 맞춘 작품을 발표하였다. 특히 1990년부터 〈르네상스〉에 연재한 『루이스 씨에게 봄은 왔는가?』는 19세기 영국을 배경으로 남성 등장인물들 간의 연애를 직접적으로 묘사하여 센세이션을 일으키기도 했다. 이정애 작가 스스로 자신이 일본의 만화 및 실험성이 높은 동인지에 크게 영향을 받았다고 말한 바 있다는 점에서 BL이 한국에 수입되기 시작한 시점을 추측할 수 있다. 이정애 작가 본인이 자신의 작품을 'BL'이라고 명확하게 규정하고 있지 않지만 팬들은 그녀를 최초의 '한국형 BL 작가'로 인식하고 있는 것이 사실이기도 하다.

'야오이'라는 용어는 1995년 즈음에 PC 통신에서 '선정우'라는 인물이 만들어낸 용어인 'Y물'이라는 명칭으로 불리기 시작했다고 알려져 있다. 야오이라는 용어가 일본어 뉘앙스가 강하고 그 뜻을 유추하기 어렵다는 점에서 '호모물'이라고 부르는 사람도 있었고, 역시 그 약어인 'H물'로 불리기도 했다. 그러나 Y물, H물 모두 현재는 사용되지 않으며 현재는 야오이와 BL이 보편적으로 사용되고 있다.[3]

BL의 확산

PC 통신에 의한 BL의 전파에는 두 가지 측면이 있다. 첫째는 BL 작품의 소개와 정보가 공유되었다(구입 경로 등)는 것

3. 앞의 글 인용.

이고, 둘째는 PC 통신의 기술적인 특징에서 유래한 번역 텍스트(소설) 중심이었다는 것이다. 1990년대 전반에는 PC 통신을 이용한 2차 창작 소설이 점점 퍼져나갔는데, 유선전화망을 사용하는 탓에 접속 시간이 길어질수록 요금이 증가하는 PC 통신의 경우, 파일 용량이 커 전송에 더 많은 시간이 걸리는 이미지보다는 텍스트를 송수신하는 것이 더 적합하였기 때문이다.

만화 중심으로 전개되어왔던 한국의 동인문화에서 소설(텍스트)을 중심으로 하는 새로운 흐름이 등장하고 점차 확산되어가는 계기로서 PC 통신은 큰 역할을 하였다. 특히 2차 창작으로서 소설은 PC 통신의 보급과 함께 급격하게 증가하였다. 한국에서 최초로 2차 창작으로서 야오이 작품이 대량으로 만들어지기 시작한 것은 일반적으로 『슬램덩크』부터라고 간주되고 있다. 1991년 창간된 〈소년챔프〉는 창간호부터 『슬램덩크』를 별책부록으로 연재하기 시작하여 당시 한국에서 일어난 NBA(미국 프로농구) 붐에 힘입어 크게 인기를 얻었다.

그리고 이는 기존의 소년 만화 독자뿐 아니라 여성 독자에게도 어필하였다. 비슷한 시기, 일본의 동인에서도 『슬램덩크』는 큰 인기를 누리기 시작하여 1990년대 중반까지 그 인기가 지속되었다. 더 나아가 1998년에 애니메이션판이 한국에서 방영된 것을 계기로 『슬램덩크』의 한국 내 인기는 더더욱 높아졌다. 일본의 『슬램덩크』 동인지를 개인이 입수하여 번역한 후 이를 동인 플리마켓나 통신판매를 통해 판매하는 소위 '번역 동인지'를 전문으로 발행하는 동인 서클이 등장한 것도 『슬램덩크』가 처음이었다.

그 외에도 1991년, 해적판으로 출판된 다나카 요시키田中芳樹의 『은하영웅전설』은 남녀 모두에게 인기를 끌었고, 여기에 영향 받은 패러디 소설이 PC 통신을 중심으로 인기를 모았다. 이렇게 PC 통신상에서 패러디 소설이 널리 인기를 얻었던 사례로는 1996년 방영된 〈마법소녀 리나〉도 포함되는데, 이 애니메이션은 남녀 시청자 모두에게 큰 인기를 얻었고 PC 통신상에서 패러디 소설이 융성한 작품으로 여전히 기억되고 있다. 그러나 이 당시 패러디 소설의 작가나 독자층 모두 남성과 여성을 포괄하고 있었기 때문에 야오이적인 패러디 작품에 대해서 커뮤니티 내부에서 찬반이 갈려 남성 팬들과 여성 팬들이 분화되기도 했다. 그것이 현재는 남덕(남성 덕후)과 여덕(여성 덕후)으로 구분된 시초가 되었다. BL이라는 장르는 90퍼센트 이상이 여성 독자를 위한 콘텐츠이므로 이 점을 잘 이해해야 할 것이다.

동인 만화와 소설의 분리

PC 통신과 함께 소설 중심의 2차 창작을 행하는 새로운 동인문화의 흐름이 나타나기 시작했으나, 동인 플리마켓은 여전히 1980년대의 흐름을 이어온 만화 동호회 중심의 흐름이 대세를 이루고 있었다. 이를 직접적으로 뒷받침한 것이 1989년에 창립하여 2005년 마지막 행사를 끝으로 막을 내린 만화동호회연합서클Amateur Comic Association(ACA)이었다. 이는 10대~20대를 중심으로 전국에서 활발하게 만들어지고 있던 만화 동호회 간의 연합체로서 1990년 2월에 열린 첫 연합전시회를 시작으로 이후 한국 동인문화의 상징적인 존재가 된다. 1990년대에 열린 동인 플리마켓을 대표하는 ACA는 강한 프로 지향과 함께 창작 만화를 중시하여 소설에 대해서는 2차 창작 만화뿐 아니라 1차 창작 소설에도 부정적인 태도를 보였다.

2차 창작은 만화, 애니메이션, 게임 등 일본 작품을 대상으로 한 것이 많다는 점이 문제시된 한편, 대부분의 참가자가 만화 동호회 출신인 ACA에서 소설은 만화에 포함되지 않는 독자적인 장르라는 점이 문제가 되었다. 이러한 ACA의 태도는 당시 한국 정부가 주도하고 있었던 '문화산업으로서 만화'라는 관점에 영향 받은 점도 무시할 수 없다. 직접 만화 산업과 연결되지 않는 2차 창작은 그 경제적 효과가 낮고 일본 대중문화와 관련이 깊다는 점에서 한국 문화산업의 경쟁력이라는 측면에서 보면 아무런 가치도 없었기 때문이다.

그러나 당시 점점 더 2차 창작(소설을 포함)에 대한 수요가 증가하고 있던 상황에서 ACA와는 다른 새로운 동인 플리마켓이 만들어졌다. 1996년을 전후하여 2차 창작과 소설 동인에 대한 견해 문제로 ACA에서 분화된 일부 동인 인구가 '블랙체리전', '게토전', 'NOH전' 등의 독자적인 플리마켓, 즉 독립출판 플리마켓을 개최하게 되었다. 이는 창작 만화, 프로 작가 지향을 견지하는 ACA에 반발한 일부 작가와 팬들이 번역 동인지와 소설 동인지를 판매할 수 있는 플리마켓이었다. 실제로 번역 동인지의 대부분은 일본에서 만들어진 2차 창작의 동인지로서 자연히 이 플리마켓에서는 만화와 소설의 2차 창작으로서 야오이와 함께 한국의 창작 소설 동인지도 판매되었다.

이후 1996년을 전후하여 PC 통신을 중심으로 한국의 1세대 남성 아이돌 그룹(H.O.T, 젝스키스, 신화)의 팬픽 붐이 일었다. 주로 10대 소녀를 중심으로 열광적인 팬덤을 낳은 이 아이돌 그룹에 대한 팬 활동으로서 팬픽은 여중고생 문화의 일부를 이루는 등 큰 인기를 누렸다. 또한 1980년대 일본에서 '쟈니즈계'로 불리는 일본 남성 아이돌 팬덤이 한국에서도 발생하기 시작했고, 그들을 주인공으로 하는 일본의 야오이 동인지가 1990년대 이후 한국의 일부 팬들 사이에서 이미 수입, 번역되고 있었다는 점에 주목해야 할 것이다.[4]

---

4. 쟈니스는 일본의 아이돌 그룹 기획사로, 이 회사에서 배출한 아이돌 그룹을 쟈니즈라고 한다. 쟈니즈계는 이 회사 소속 아이돌 그룹을 추종하는 팬덤을 이르는 명칭이다.

청소년보호법 시행과 〈코믹월드〉의 등장

그러나 이와 같이 두 가지 흐름이 형성되기 시작한 1990년대 전반의 동인문화는 1997년 청소년보호법의 시행으로 큰 타격을 입었다. 청소년보호법은 유해한 환경과 매체물에서 청소년을 보호한다는 목적에 따라 만들어졌지만 그 시행 과정에서 다양한 문제가 발생했다. 특히 군사정권 당시부터 심의를 해온 사단법인 간행물윤리위원회를 법률상의 기관으로 격상시키고, 심의 결과에 따라 수정뿐 아니라 해당 작품의 폐기도 명할 수 있는 사법권을 부여한 점, 그리고 유해 매체물의 조건이 매우 애매하고 포괄적이라는 점이 문제가 되었다. 이는 작가의 창작 의욕을 꺾는 직접적인 결과뿐 아니라, 실제로 작가들에게 경제적인 피해를 입히는 간접적 결과를 불러올 가능성도 있었다. 성인을 위한 매체가 발달하지 않은 한국의 상황에서 모든 동인문화에 청소년유해매체라는 낙인을 찍는다는 것은 판매에 막대한 지장을 초래할 것이 분명했다.

실제로 그 결과, 한국의 만화 시장은 엄청난 타격을 입었다. 이러한 움직임에 따라 만화 동호회를 중심으로 형성되어온 한국의 동인문화도 크게 동요하였다. 프로 지향이 강했던 한국의 만화 동인에 표현의 자유가 약화될 뿐 아니라 만화 시장의 축소를 가져온 이 법률의 시행은 동인문화의 발전에도 커다란 벽이 되었던 것이다.

하지만 소설 중심의 2차 창작 분야는 PC 통신과 인터넷이 아직 젊은 세대의 전유물이었다는 점 때문에 규제의 사각지대에 머무르며 직접적으로 노출되지는 않았다. 소설 중심의 새로운 동인문화 흐름은 만화에 대한 엄격한 규제가 시작되고 기존의 만화 동호회 중심 동인문화가 약화되기 시작했을 무렵, 일본 대중문화의 영향을 직접적으로 받은 세대를 통해 하위문화로서 나타나게 되었다. 그리고 그 당시 한국 사회에서도 남성 아이돌을 대상으로 한 아이돌 팬픽이 본격적으로 등장했는데 만화 동인 및 소설 동인과는 다른 보다 대중적인 맥락에서 젊은 연령층(중고등학생 중심)에 의해 PC 통신에서 공유되면서 큰 인기를 누리게 되었다.

다만 ACA의 쇠퇴가 온전히 청소년보호법과 같은 정부 규제의 결과라고 단언할 수는 없다. 본질적인 원인은 ACA, 그리고 만화 동인 내부에서 찾을 수 있다. 팬덤 문화가 성장하면서 2차 창작이 증가했고, 2차 창작을 기존의 만화 동인문화 안에 어떻게 위치 지을 것인가를 둘러싼 갈등이 있었다.

1980년대의 만화 동호회에서 발생한 한국 동인문화는 창작 만화를 중시하는 경향이 매우 강해서 소설과 2차 창작은 암묵적으로 창작 만화보다 열등한 것으로 받아들여지고 있었다. ACA가 발족된 이후 이러한 경향은 점차 더 강해져서 소설 작품과 2차 창작을 어떻게 볼 것인가에 대해 몇 번이나 논의가 이루어졌지만 기본적으로 ACA 판매전은 창작 만화 중심의 플리마켓 성격이 강했으므로, 소설과 2차 창작은 환영받지 못했다.

또한 ACA에서는 회원 서클과 비회원 서클을 구분하여 회원을 우대하였는데, ACA의 회원이 되기 위해서는 지속적으로 회비를 내야 할 뿐 아니라, ACA의 다양한 활동에도 참가해야 하는 의무가 부여되었다. 이렇게 ACA는 개인보다는 서클 활동이 중심이었으며, 발행되는 동인지 대부분이 현재의 동인 플리마켓에서 주류를 이루는 개인지가 아니라 200페이지 전후의 창작 만화 앤솔로지(합동지) 형태를 취하고 있었다. 그렇기 때문에 1990년대 전반기부터 활성화되기 시작한 2차 창작 인구의 욕구를 ACA가 수용하기에는 무리가 있었다.

이 시점인 1999년, 일본 기업인 데레타DELETA를 모태로 하는 제1회 코믹월드가 개최되었다. 평균 두 달마다 개최되는 코믹월드는 참가비만 지불하면 누구나 참가할 수 있을 뿐 아니라 창작과 만화 지향이 강한 ACA와는 달리 2차 창작을 전면적으로 허용하는 방침으로 폭넓은 지지를 받게 되었다.[5]

당시는 2차 창작이 수적으로 우위를 점하고 있었으며 동

5. '참가비만 내면 누구나 간단히 참가할 수 있다'라는, 지금 보면 너무나 당연한 원칙이 국내 만화 동호회인 ACA가 아닌 일본 기업이 주최하는 코믹월드에 의해 처음으로 가능하게 되었다는 사실은 아이러니컬한 동시에 1980년대 이후 2차 창작 중심으로 변화한 일본 동인문화의 침투를 여실히 보여주는 사례로 손꼽힌다.

인지 형태도 점차 만화 동호회 중심의 회지보다는 개인이나 소수의 지인이 모여 출판하는 개인지 형태가 늘어나고 있었다.

그러나 코믹월드도 ACA와 같이 기본적으로 만화 중심이라는 입장을 유지하였기 때문에 2차 창작 소설은 허가했지만 창작 소설에 대해서는 원칙적으로 참가를 금지해왔다.[6]

정부의 동성애 규제와 소설 동인의 변화

1990년대 중반 이후 개최되기 시작한 '블랙체리전' 및 '게토전' 등 소설 관련 플리마켓 및 PC 통신을 중심으로 한 야오이 소설동의 인기에서도 알 수 있듯이, 일견 만화 동인에 비해 순조롭게 성장한 것 같은 이 흐름도 2000년에 큰 벽에 부딪히게 된다.

2000년에 시행된 〈개인정보 보호와 건전한 정보통신질서의 확립에 관한 법률〉은 유해 정보로부터 청소년을 보호하기 위해 인터넷 콘텐츠에 등급을 부여하여 청소년의 접

6. 이 점에서는 코믹월드도 ACA와 같이 만화 중심이라는 입장에는 큰 차이가 없다. 야오이를 중심으로 한 2차 창작 작품을 출간하고 향유하고자 하는 인구를 주 타겟으로 한 코믹월드는 현재 한국 동인 플리마켓의 대명사가 된 반면, ACA는 2005년의 판매전을 마지막으로 없어졌다. ACA 내부의 문제도 적지 않았던 것으로 알려져 있긴 하지만, 참가자의 입장에서 보면 동인문화의 흐름이 변화하고 있는 상황에 대응하지 못했기 때문이라는 측면이 존재하는 것 또한 사실이다. 모태가 외국 기업인 서울코믹월드가 아니라, 한국 동인들 스스로 시대의 변화에 발맞추어 시장과 함께 성장했다면 어떠했을까 아쉬움이 남는 것은 어쩔 수 없다.

속을 원천 차단할 필요성이 있으므로 규제한다는 것이 골자였는데, 이 유해 정보에 '동성애'라는 항목이 포함된 것이다. 2차 창작의 대부분이 야오이고, 점차 창작 BL 소설이 나타나기 시작했던 한국의 상황에서 이 규제는 큰 위기를 의미했다.

이 법률은 동성애를 다룬 작품도 청소년에 유해한 표현물이므로 규제해야 한다고 정하고 있는데, 이 기준에서 보면 야오이는 물론, 팬픽 등도 동성애적인 관계를 묘사한다는 점에서 규제 대상에 포함되는 결과를 가져왔다. 법률이 시행된 당시, 표현의 자유를 옹호하는 시민 단체뿐 아니라 야오이와 팬픽 사이트 운영자들도 사이버 시위에 적극적으로 참가하는 등 활발한 움직임을 보였다. 하지만 결국 법률은 그대로 시행되었고, 많은 야오이 및 팬픽 사이트가 직접적으로 타격을 입게 되었다. 그리고 이 흐름은 PC 통신 이후 당시 보급되기 시작한 인터넷을 중심으로 인기를 얻고 있던 야오이와 BL 붐에도 큰 영향을 주었다.

출판 만화는 포장과 경고 문구를 표시하면 청소년의 구입을 막을 수 있는 기본적인 조치를 취한 것으로 간주되었지만, PC 통신과 인터넷에서는 청소년의 접속을 막는 것이 그리 쉬운 일이 아니었다. 주민등록번호 등을 이용한 연령 인증만으로는 타인의 주민등록번호를 유용하는 것을 막을 수 없다는 이유로, 정부는 그 책임을 관련 콘텐츠가 있는 PC 통신과 인터넷 사이트에 묻는 방침[7]을 세웠다.

특히 야오이를 포함해 동성애를 취급하는 콘텐츠에 대해서는 '청소년의 성의식을 왜곡할 가능성이 있다'는 명목으로 반드시 성 묘사를 포함하지 않아도 엄격하게 단속한다는 방침을 표명했다. 이상의 규제는 야오이뿐 아니라 팬픽 사이트에도 대부분 해당하는 것으로, 실제 신문 기사를 살펴보면 2000년도부터 야오이 및 팬픽에 대해 극히 부정적인 논조[8]가 눈에 띈다.

이런 상황에서 2000년대 이후 한국의 야오이 소설 및 창작 소설 동인들이 택한 전략은 엄격한 비밀주의였다. 야오이가 주 내용으로 차용하고 있는 동성애가 법률적 유해 콘텐츠로 낙인찍히는 상황에 대해 많은 소설 동인 작가 및 팬들은 철저한 비밀주의를 근간으로 하는 인터넷 커뮤니티 및 창작 BL 소설만을 취급하는 동인 플리마켓(BNB 등)을 만들어 그 안에서 활동하는 방식을 택하였다. ACA는 물론이고 코믹월드에서도 판매가 어려웠던 창작 BL 소설이 중심이 되는 이러한 사이트들은 통칭 '성인동'으로 불리고 있는데,

---

7. 이것은 현재 한층 강화되어, 방송통신위원회는 인터넷서비스사업자 전체에게 기술적으로 실행할 것을 요구, 사용자가 아닌 사업자의 책임을 묻는 전기통신사업법 시행령으로 2016년 1월 27일 공표되었다.

8. 주로 청소년에 대한 악영향을 그 이유로 한다. 현재는 페미니즘 운동과 맞물려 LGBT 운동과 함께 성소수자들의 인권 의식이 강화되어 반드시 동성애를 청소년에게 악영향을 끼치는 것으로 간주하기에는 무리가 있으며, 오히려 자라나는 청소년에게 편견을 심어줄 수 있다는 문제 때문에 논의는 계류 중이다.

이들은 대부분 외부자의 접근을 거부한 채 철저한 비밀주의에 기반하여 운영되었다.

이처럼 1980년대에 형성되어 1990년대 창작 만화 동인을 비롯한 2차 창작 중심의 팬 문화 등 다양한 면모를 보여주었던 한국의 동인문화는 결국 정부의 법률적 규제에 만화 동인과 소설 동인 모두 큰 타격을 입었다. 이는 2000년대 이후로도 큰 변화 없이 유지되고 있다.

한국에서 BL 장르의 위치와 가능성

앞서 소개했던 일본의 BL 전문 잡지 〈JUNE〉가 BL을 하나의 장르로 개척하면서 BL 만화가 일본 만화 시장에서 빠르게 자리매김을 한 것은 사실이다. 하지만 일본의 BL 만화 시장은 여심을 건드릴 수는 있었으나, 잠깐의 흥미 유발성 흥행인 탓에 독자들을 확대하여 끌어당기지는 못하였다. 특히 일본의 경우 동인지 시장이 없었다면 지금의 저패니메이션Japanimation은 없었을 것이다.

동인지 시장은 직접 활동하는 아마추어 작가들(=연성러)과 그들의 작품을 소비하는 독자들(=소비러)[9]로 이루어져 있는데, 1980년대 이후 일본에서는 소녀 만화 시장의 슬럼프가 시작되는 동시에, BL 동인지 시장에선 자신이 즐겨보는 만화를 자기가 원하는 구도로 재구성하는 패러디가 시작되

---

9. 경제학 용어로는 컨슈머와 프로슈머로 명명할 수 있다.

었다. 이러한 향유 방식은 이차벨의 전형적인 구도가 되었고, 유명 작품은 당연하게 패러디 BL 동인지가 그림자처럼 따라붙는 구도가 되었다. 그 결과 원작자는 새로운 팬층을 확보하는 결과를 가져오게 되고, 동인 작가들은 원초적인 형태의 프로슈머 집단이 되었다.

1990년대 초 일본 문화가 시나브로 전파되면서 깊어진 동인 문화는 25년이라는 세월 동안 무르익어, 요즘은 국가나 장르를 가리지 않고 누구나 BL로 치환하여 자신만의 시각으로 재해석한 작품 활동을 하는 것이 일상이 되었다. 웹소설이라는 새로운 형태의 콘텐츠 전달 방법이 부상하였을 때, 다년간 음지에서 활동을 해온 준비된 작가층과 독자층이 이차벨이 아닌 일차벨에서도 양면시장의 구성원으로서 훌륭히 제 역할을 해내고 있다.

한국의 BL 문화는 2014년, 한국 벤처 창업의 슬로건이었던 '플랫폼의 확장'도 한몫한 바 있지만 한국 BL 연대표(71쪽)에서도 볼 수 있듯이 일반인들은 알 수 없는 여러 웹사이트를 통해 창작, 유통, 공유돼왔다. 없으면 스스로 만들어서라도 즐기고자 하는 이 마음은 내부자가 아니면 충족시킬 수 없는 여성들 특유의 다차원적이고 다면적인 욕구에 추동되었다. 그런 점에서 특히 2016년 한 해는 페미니즘이 아주 뜨거운 화두가 된 해였기에 앞으로 한국의 콘텐츠 시장에서는 젠더 감수성이 특히 중요할 것으로 여겨지며, 어떤 방식으로든 권력의 상하가 존재했던 남녀 간의 로맨스 장르보다 여성 스스로 '수동적'이라거나 '당한다'는 느낌이 적은 BL물의 확대는 계속될 것으로 보인다.

한국에서의 BL의 가능성은, 뒤에 나올 'BL 작가에게 듣는 BL 소설 쓰는 법'에서 더욱 심도 있게 들을 수 있다.

한국 BL 장르 연대표

연도	플랫폼	주요 작품
1989년	PC 통신	커뮤니티 게시판 소설을 통해 산발적으로 등장
1990년	르네상스 잡지	한국 첫 BL 장르물 연재, 이정애의 『루이스 씨에게 봄은 왔는가?』
1991년	해적판 단행본	다나카 요시키의 『은하영웅전설』의 BL물 성행
1993년	해적판 단행본	오자키 미나미의 『절애』
1994년	PC 통신	건전 소녀를 주축으로 『슬램덩크』 소설 동인지 번역본 판매 성행
	ACA	일차벨 소설 『3인칭의 네버랜드』 출간 → 1996년, 참가 금지됨[10]
1996년	PC 통신	『슬레이어즈』 패러디 소설 인기. 통칭 『마법소녀 리나』
1997년	PC 통신	신화, HOT, 젝스키스 등의 아이돌을 주제로 한 이차벨 소설 성행
		청소년보호법 제정으로 BL 시장 위축 → 2005년 ACA 폐쇄
1999년	서울코믹월드	2차 창작 BL 만화는 물론 이차벨 황금기의 시작
2000년	다음 카페	인터넷 소설의 황금기, 장르 별로 카페[11]가 나뉘는 추세
2001년	웹사이트	도나에동, 에셈랜드, 키스동, 레인보우동, 토란동 등의 사이트 등장
		인터넷정보통신망보호법 제정으로 다시 시장 위축
2003년	출판사	야오이 번역 소설과 출판사(현대지능개발사, 아선미디어 등)들의 만남

10. BL이라 금지당한 것이 아니라 소설이기 때문이었다. ACA는 순수 만화 창작 집단을 지향했기 때문이다.

11. 주로 무협, 판타지, BL 장르가 인터넷 소설 카페의 천하삼분지계라 할 수 있다.

2004년	출판사	동성애 전문 출판사 해울 등장, 『남남상열지사』 출간
	출판사	야오이 웹진 〈코믹팝〉 등장, 『옴므파탈』
2005년	웹사이트	야오이 칼럼 〈뷰〉 발행, 2호를 마지막으로 폐간
	웹사이트	퀴어, 환상문학 소설 홈 이둔스토리 개장→ 2006년 12월 폐장
2009년	웹사이트	야오이스 오픈
2011년	저작권 등록	miumiu 동인 소설가로서 첫 저작권 등록, 일부 블로그 등에서 텍스트본으로 게재되는 것을 원천 봉쇄함.
2012년	섬유무역센터	BL 소설 판매전 금지 선언, 현재도 개최 불가능
2013년	법원	작가 쏘니, 작가 문정과의 표절 소송에서 2심 승소
	인터넷 뉴스	〈국민일보〉의 쿠키뉴스, 「오프라인을 커밍아웃, 포르노급 묘사 동인 소설을 구민센터에서 버젓이 판매」라는 타이틀로 기사를 냄. 해당 기사는 기자의 취재로 이루어진 것이 아니라 제보 과정에서의 단순 구전임이 밝혀짐.
	웹사이트	수이동 폐쇄
2015년	웹사이트	마유동 폐쇄
	법원	작가 쏘니, 작가 문정과의 표절 소송에서 3심 승소
	e-Book	작가 황곰, 네르시온 외 다수 웹소설 동인이 e-book 출판 등록, 한국에서 최초로 BL 소설의 개인 독립 출판 시도로 볼 수 있음.
2016년	e-Book	BL 장르의 양지화에 거부감을 가진 다수의 작가들이 e-book 출판은 하지 않는다 선언

작법

BL 작가에게 듣는 BL 소설 쓰는 법

프모리

'작법'이란 좋은 글의 정의를 찾아 그에 맞게 글을 쓰는 방법을 말한다. 이 글을 쓰는 필자의 목표는 독자들이 자신만의 좋은 글을 찾을 수 있도록 돕는 것이지만, 이는 동시에 필자의 여행이기도 하다. 특히 한국에서 자주 언급되지도 않고 연구도 많이 되지 않는 장르라면 그 여행길은 더 멀어진다. 어느 쪽으로 가야 할지 확신도 서지 않고, 한참 자리에서 맴돌다가 기껏 마음먹고 간 길에서 후회하고 원점으로 돌아온다. 그럼에도 계속 글을 쓰고 싶은 마음에 다시 어디든 걸어갔던 이들을 위해서 이 글을 썼다.

그렇다면 좋은 BL 소설이란 무엇일까? 여기서 다양한 BL 소설의 작법을 모두 다루지는 않겠다. 다만 기존의 BL 작법과 함께 창작자의 윤리적 책임을 강조한 작법을 다룰 것이다. 이 글은 필자가 BL 소설을 공부하고 연습하면서 쓴 기록에 가깝다. 비록 아마추어에 불과하지만, 이 기록으로 BL

소설을 쓰고 싶은 사람, 쓰고 있지만 고민하는 사람 혹은 BL 소설을 알고 싶은 사람이 모두 읽으면서 BL 소설에 대해 다양한 생각을 가질 수 있기를 바란다.

BL 창작의 두 가지 길

북미의 슬래시, 일본의 야오이 그리고 한국의 서브컬처 연구자들이 동의했듯이 BL은 여성의 성적 환상, 즉 포르노적인 의미와 연결된다. 동아시아 문화권은 남성 중심적인 사고가 뿌리 깊고 일상에 만연해 있으며, 여성이 각종 차별과 성적 폭력에 시달려왔기에 자신의 성을 인지하고 긍정하는데 오랜 시간이 걸렸다.

특히 지금도 동아시아 여성에게는 향유할 만한 여성 주체적인 포르노가 희박하다. 흔히 여성의 신체를 대상으로 하는 포르노는 신체를 힘겹게 비틀거나 페도필리아(소아성애증)적인데, 그런 이미지에 자신을 대입하고 싶은 사람은 많지 않다. 이제 성을 알기 시작한 10대라면 두려울 수도 있다. BL을 보는 사람이 선택한 방법은 남성 중심적인 포르노를 회피하는 것이다. 그래서 BL의 또 다른 특성은 회피성이다. 결국 BL은 여성 향유층이 게이 남성의 캐릭터를 본인의 신체로 이입하고 욕망하는 식으로 우회한 선택이다.

이렇게 BL은 욕망과 감정을 자유롭게 표출한다. 하지만 거기엔 성적인 흥분만 있는 것이 아니라 끊임없는 시련과

가혹한 성관계로 캐릭터가 괴로워하는 것에서 느껴지는 폭발적인 해방감도 있다. 또한 현실의 가부장적인 모습을 그대로 답습한 부분도 있으며 여성 캐릭터를 연인을 방해하는 연적으로 묘사하기도 한다. 현실의 남녀차별적인 모습이 작품에 그대로 반영된 것이다.

그렇다면 이 슬픈 역사에서 무엇을 얻을 수 있을까? 생각보다 답은 간단하다. 알고 쓰거나 다른 선택을 하거나, 두 가지뿐이다. 전자는 현재 상업적으로 출판하는 작품들에서 많이 찾아볼 수 있으므로 참고할 교재가 많다는 뜻이 된다. BL의 특징을 알면서 이를 살리는 글은 보통 수 캐릭터를 잘 활용한다.

앞서 언급한 시련, 가혹한 성관계, 남녀차별의 악습 등 고통은 주로 수가 당하는 것이 일반적인데 여기서 프로의 작품은 수가 대상으로 끝나지 않는다. 수를 살아 있는 인간답게 느낄 수 있도록 감정을 충실하게 묘사한다. 예를 들면 갑작스러운 시련이 닥쳤을 때의 당황함, 무례한 공에 대한 당당한 분노, 난폭한 공을 사랑하는 것에 대한 후회와 미련, 끊임없는 굴레에서 밀려오는 피로 등 수를 통해서 딜레마를 말한다.

더 나아가 수가 겪는 고난을 극복해야 할 장애물로 바꿀 수 있다. 장애물로 시작한 공과의 관계가 수로 인해 공이 변하면서 사랑의 결실을 맺거나 공이 수의 인생에 들어와 수의 장애를 함께 극복하는 구조로 바뀌는 식이다. 이는 이야기의 기본적인 구조에 모험적인 성격을 부여할 수 있기에 소설을 더욱 극적으로 만든다. 필자의 경우 장애물을 만들고 극복하는 이야기는 주로 문학보다는 BL 창작물과 영화 및 드라마를 참고한다. 문학이 문장과 작법을 참고하는 데는 더 유용하지만, 주제와 호흡 면에서는 BL 장르와 거리가 멀다고 생각하기 때문이다.

당연한 말이지만, BL 소설을 쓰려면 BL 창작물을 공부해야 하며 그 외 이야기 구조를 참고하고 싶다면 영화나 드라마를 참조하는 걸 추천한다.

자료가 많은 전자에 비해 다른 선택을 하는 후자는 없다고 봐도 무방하다. 그러나 요시나가 후미의 만화 『의욕 가득한 민법』처럼 여성 캐릭터를 일상에서 보이는 인간으로 섬세하게 설정하는 것은 있다. 처음부터 무리할 필요는 없다. 필자도 글을 쓴 지 2년이 지난 뒤에야 겨우 여성 캐릭터를 쓸 수 있었다. 그전에는 공과 수를 다듬는 것부터 연습했으며, 조금씩 여성 캐릭터를 조연 인물로 넣으려고 노력했다.

여성 캐릭터를 넣기로 했다면, 먼저 캐릭터가 있어야 할 이유, 존재 의미를 제대로 구축해야 한다. 결국 이것은 BL 소설이기 때문이다. 이때 여성 캐릭터가 BL 소설이 아닌 일반 소설에 등장할 법한 인물인 것은 아닌지 혹은 단순히 남성 캐릭터의 도우미에 불과한 것은 아닌지에 신경을 쓰면서 분량을 적절히 맞춰야 한다.

BL 소설의 목표

소설 창작뿐 아니라 어떤 일에서든 목표 설정은 중요하다. 목표는 구체적이고 명확해야 한다. BL 작가는 흔히 '존잘님'[1]이라 불리는 아마추어와 프로로 나뉠 수 있지만, 사실상 아마추어로 활동하다가 프로로 데뷔하기에 명확히 구분되진 않는다. 하지만 그럴수록 미리 조사해서 계획을 짜두고 목표를 설정하는 것이 좋다.

아마추어는 BL 창작을 취미로 즐기는 사람으로 정의되며, 프로로 데뷔하려는 지망생은 제외한다. 여기서는 프로로 연결되는 오리지널 창작(1차 창작)보다 패러디 창작(2차 창작) 작가에 대해서만 이야기하겠다.

잘하는 아마추어의 기준은 수백 가지다. 따라서 어떤 기준에 맞추려고 매달리기보다는 본업에 집중하는 것이 좋다. 필자 스스로 염두에 두는 기준은 완성도, 피드백, 윤리성, 작업 환경, 인지도, 경제성으로 여섯 가지 정도다. 완성도는 주관적인 특성으로 작가 스스로 세운 창작 목표를 뜻한다. 이를 뒷받침하는 게 신뢰할 수 있는 독자가 준 피드백이며, 책과 강의로 참고하며 평가할 수 있는 윤리성이다.

---

1. '존나 잘 그리는 님'의 준말이다. BL 관련 용어는 인터넷 용어로부터 파생되었기 때문에 비속어와 합성된 경우가 많다.

또 아마추어의 경우엔 본업과 균형을 이루는 작업 환경이 필요하다. 2차 창작의 인지도는 1차 창작보다 복잡한데, 패러디하는 작품, 캐릭터, 커플의 인기가 개입하기 때문이다. 외적인 요소가 얼마나 영향을 미치는지 알고 객관적인 상태를 파악할 수 있다면, 목표와 현실의 괴리감을 느낄 일이 적다.

일러스트와 만화처럼 다른 예술의 인지도와 비교하는 것 역시 머릿속에서 지워야 한다. 원래 글은 읽는 사람만 읽는다. 바꿀 수 없는 사실에 좌절하며 시간을 보내는 대신에 한정된 독자층에서 자신의 독자를 찾고 만드는 것이 더 도움이 된다.

마지막으로 2차 창작은 수익이 거의 없고 오히려 적자가 날 가능성이 크다. 일본과 달리 유통 가능한 중간 매체가 없고 서비스가 희소하여 창작자가 유통과 판매를 모두 책임지기 때문이다. 또한 경제적 비용뿐 아니라 유통과 판매, 홍보 등 창작 외에 드는 시간과 노력을 고려해 행사 참여나 출판을 결정해야 한다.

2차 창작만의 특성은 무엇일까? 2차 창작에는 원작이 있어 세계관과 인물을 가져오는 수고를 할 필요가 없다고 생각할 수 있다. 하지만 이는 창작자 입장에서 일종의 제약이다. 쓰고 싶은 소재와 원작의 해석이 항상 조화를 이루지 않을 것이고, 따라서 갈등도 많을 것이다.

원작에서 멀리 벗어난 글을 쓸 때 그리고 원작을 기반으로 쓸 때 생각할 요소를 나눠보자. 먼저 판타지, 호러, 액션 장르부터 시작해서 오메가버스, 센티넬버스와 같은 신체적 특징을 부각한 세계관 그리고 원작이 아닌 다른 작품의 패러디까지 필자는 원작과 멀어질 때는 상상력과 욕망에 충실해서 오히려 차별화하는 것에 집중했다. 즉 오리지널 창작에 가까운 태도로 임했다. 원작의 세계관과 함께 캐릭터마저 지우며 외모적인 특성만 선택했는데, 그 이유는 세계관이 달라지면 캐릭터에도 미세한 균열이 가기 때문이다. 그래서 차라리 어쩔 수 없는 균열을 가리겠다는 욕심을 포기하고, 원작과의 괴리감을 높여 균열을 크게 만들거나 캐릭터를 포기해 균열을 무너뜨렸다.

반면에 원작에 충실한 팬픽을 쓸 때는 당연하게도 조사와 공부가 도움이 된다. 배구 만화 『하이큐!!』의 팬픽을 써온 필자의 경우에는 먼저 오타쿠에 가까운 태도로 애니메이션을 프레임별로 분석하며 열 번 넘게 봤다. 만화책도 마찬가지였고, 번역된 가이드북이나 인터넷에서 볼 수 있는 후루다테 하루이치 작가의 인터뷰도 읽어보았다. 『하이큐!!』는 인기 있는 작품이기에 다양한 방식으로 지식을 공유하는 글이 많았다는 건 행운이었다.

덕분에 캡쳐 이미지와 실제 작품 배경을 사진으로 비교하여 볼 수 있었고 무엇보다 배구 지식도 조금 배웠다. 바로 작품을 쓰지 않더라도 필자가 배구를 조금이나마 앎으로써 캐릭터의 모습과 행동에서 배구를 드러나게 만들 수 있다. 이렇게 작가의 인터뷰나 작품과 관련된 배경 지식을 공부할수록 창작물은 달라질 것이다.

프로는 정기적으로 작품을 내 수익을 내고, 본업으로 활동하는 작가를 말한다. 아마추어와 달리 프로는 인터넷 서점을 조사해 일정한 기준을 낼 수 있는 만큼 미리 알아봐야 한다. 먼저 요즘은 1억 원대 수익을 내는 작가가 뉴스에 종종 오르지만 그 수는 1퍼센트에 불과하며, 그것도 판타지나 게임 혹은 로맨스 작가일 확률이 높다. BL 시장은 결국 특정 취향을 공유한 마니아층으로 형성되어 있기 때문이다. 설령 인지도를 높이더라도 프로의 생활은 녹록하지 않다.

카카오페이지에서 게임 소설을 연재하며 큰 수익을 낸 남희석 작가에 따르면 프로 작가는 매일 A4 용지에 10포인트 크기의 글씨로 5장 이상의 원고를 써낼 수 있어야 한다. 그의 말이 아니더라도 출판하는 창작물은 한 권 분량이 보통 9만 자에서 20만 자 사이이기에 기존에 쌓아둔 소재로도 끊임없이 쓰는 끈기와 체력이 필요하다. 또한 독자의 리뷰를 반드시 확인해야 하므로 개선점을 찾으면서도 정신적 균형을 유지할 시간과 방법도 필요하다. 마지막으로 프로가 되기 위해서 각오해야 할 건 책임이다. 소재와 인물, 클리셰를 선택하는 데 제한이 없지만, 그만큼 책임도 뒤따른다는 것을 기억해야 한다.

BL은 평생 포르노 이상의 의미는 얻지 못할지도 모른다. BL은 억압된 감정을 해방하고, 여성이 성적 지식을 접하는 통로가 되지만, 트리거 워닝(작품이 독자의 끔찍한 기억을 되살릴 수 있음을 알리는 경고 문구)이 되거나 구시대적인 표현으로 불쾌감을 유발할 수도 있다. 그러면 이를 어떻게 고려하고 타협할 수 있을까? 온전히 작가 스스로 정해야 하는 부분이다.

이제부터 글을 쓸 때 참고할 수 있는 부분으로 소재 정하기, 인물 설정하기, 글 전개하기, 마지막으로 BL만의 특징인 섹스 장면을 쓰는 팁으로 나눠 소개하고자 한다. 앞으로 다룰 부분은 1차 창작이 기준이지만, 2차 창작에서도 충분히 활용할 수 있다.

작가가 꼭 알아야 할 BL의 소재들

BL의 창작 소재는 문학과 다르다. 사건이나 주제가 아니라 인물의 특성이나 관계에서 시작한다. 이른바 ○○공, ○○수로 불리는데 직업, 성격과 같은 인물의 특성이 이야기의 사건 전개를 암시하고 결정하는 경우가 많다. 키워드의 수 자체는 한정됐지만, 관계를 푸는 건 작가에게 달렸다. 당연히 데이터가 많을수록 키워드를 고르고 관계의 방향을 정하는 폭이 다양해지므로 BL 역시 다른 장르와 마찬가지로 꾸준한 독서가 도움이 된다.

필자 역시 조언에 따라 전자책으로 스테디셀러와 월간 베스트셀러 상위 30위에서 50위권 내에 있는 작품에서 읽고 있다. 주목 받는 신간도 틈틈이 메모하며, 현재 활동 중인 저명한 작가 리스트를 따로 만들어두었다. 소설에 제한할 필요는 없다. 요시나가 후미 작가처럼 BL 장르의 고전은 지금도 배울 점이 많다. 신간 만화는 고르기 어렵지만, 가끔씩 읽으며 일본에서 BL 만화가 어떤 흐름으로 변하는지 정도만 확인하고 있다.

또 필자의 경우 좋아하는 테마를 이어간다. 풋내기 수준으로 '모에'하는 정도에 지나지 않지만, 필자는 집을 좋아한다. 어느 집이든, 집에 관련된 모든 것을 좋아한다. 그래서 인테리어와 건축 책도 모으며, 동인지에 글을 쓸 때는 항상 방이나 집을 묘사하는 부분이 있다. 소재를 생각할 때도 '이번엔 어떤 집을 써볼까?'하는 질문으로 시작하기도 한다. 이렇듯 좋아해서 발전할 수 있는 테마 역시 언제든 쓸 수 있는 소재가 된다.

인물

남자를 사랑한 남자

BL 소설에서 무엇보다 중요한 것은 인물이다. 인물은 소재이자 이야기며 무엇보다 독자와 연결되는 통로다. 그런 만큼 인물을 설정하고 묘사할 때는 신중해야 하는데 BL에서는 그 장르만의 난관이 있다. 바로 캐릭터가 남성이라는 점이다. 창작자는 어떻게 남성을 묘사해야 할까? 독자는 완벽하게 남성을 재현할 수 없음을 알고, 그걸 요구하지도 않는다. BL 소설 독자가 원하는 건 여성으로서 안전하게 감정이입 할 수 있는 수준이다.

첫째는 외형만 묘사하는 방법이다. 예전부터 쓰인 방법으로, 앞서 말했듯이 독자는 기형적인 포르노의 대상이 되고 싶지 않기에 신체적인 묘사만 부각해도 감정 이입은 이뤄진다. 특히 섹스 장면에서 성기 묘사에 충실하면 효과적이다.

둘째는 남성의 일반적인 모습을 부분적으로 취하는 것이다. 주로 대사나 행동으로 보이는데 이는 작가가 어떻게 묘사하느냐에 따라 이야기에 결정적인 요소로 활용할 수도 있다. 로맨스뿐 아니라 무협이나 시대극에서 쉽게 볼 수 있듯이, 두 인물과 연관된 중심 사건이 있다면, 이를 전개할 때 집중적으로 남성의 일반적인 모습을 묘사하여 캐릭터를 설명하는 것도 좋은 방법이다.

마지막으로, 2017년의 독자는 성 정체성에 대해 기본적인 이해를 갖추고 있다. 그래서 평소에 아는 지식과 어긋나는 논리를 볼 땐 감정 이입이 깨지고 반사적으로 위화감을 느끼기 쉽다. 또한 10대들은 동성애에 대해 잘못된 편견을 가질 수도 있다. 결국 주체가 여성이더라도 BL은 남성 동성애물이므로 요즘은 스스로 게이라고 부르며 게이 문화를 즐기는 캐릭터도 나오는 추세이다.

그러므로 여기서 더 나간다면 LGBT[2]의 삶과 문화를 공부해서 캐릭터를 더 복합적으로 만들 수 있다. 예상했겠지만, LGBT를 공부하기 위해 책과 영상물을 참고하고자 한다면, 최근에 출간하고 방영한 걸 추천한다. 미국의 동성혼 합헌 이후로 LGBT 운동과 문화는 새로운 분기점에 접어들었기 때문이다. LGBT를 공부하면서 가장 먼저 해야 할 것은 당연히 동성애 혐오 표현을 쓰지 않는 것이다. 혹시 공의 캐릭터가 비하 표현을 쓰는 건 아닌지 혹은 수가 성 정체성 문제로 자기 비하를 하고 있는 건 아닌지 살펴보아야 한다. 또한 여기서 더 나아간다면 평소 동성애자에 대한 편견이 어떤 것이 있는지 확인해보는 것도 좋다. 이러한 편견이 모두 BL 소설의 캐릭터에 영향을 준다.

수受

필자는 한 커뮤니티의 BL 1차 창작물을 정리한 적이 있다. 짐작하던 경향을 직접 데이터로 확인하고자 시작한 작업이었다. 물론 타 커뮤니티나 상업 창작물과 차이는 있으며, 이 자료가 전체를 대표할 수 없다. 하지만 적은 자료는 아니었

2. 성소수자 중 레즈비언(Lesbian), 게이(Gay), 양성애자(Bisexual), 트렌스젠더(Transgender)를 합쳐서 부르는 용어.

던 만큼 수 캐릭터가 만들어지는 경우를 참고할 수 있었다. 조사는 약 5개월 동안 이뤄졌으며 게시된 글에서 소개문만 참고했고, 삭제됐거나 본문이 있어도 소개문이 없는 창작물은 모두 제외했다.

그렇게 집계한 자료는 총 1,297편이었다. 먼저 수의 외형 중에서 키가 표시된 작품은 327편, 몸무게는 39편이었으며 평균 키와 몸무게는 177센티미터와 66킬로그램이었다. 외모를 묘사하는 단어로는 미인을 가장 선호했고, 평범한 외모와 무표정도 상당수를 차지했다. 몸매는 마른 체격이 압도적이었다.

그다음으로는 건장한 근육질이었다. 수의 성격은 소심, 무심과 같은 비사교적인 특성의 수치가 높았으며 다음으로 나쁜 성격, 예민함, 좋은 성격과 성실함이 대조를 이루며 비슷하게 차지했다.

먼저 BL 창작자는 수의 외형으로 남성성을 통제했다. 다음 문단에 나올 공의 표준 키와 7센티미터, 몸무게는 8킬로그램 가량 차이가 나며 현실 표준 체격과도 더욱 거리가 멀다. 수의 이상적인 외모는 남성의 육체를 강화하는 방향이 아닌 독자가 남성성을 느끼지 않게끔 무력화된 모습으로 묘사된다. 이유는 역시 여성 독자가 자신을 투영하기 위함이지만, 여성 독자가 수에만 감정 이입을 하는 것은 아니다. 독자는 작품이나 챕터마다 공과 수 혹은 3인칭까지 각기 다른 시점으로 전환하며 읽는다. 독자가 공에 이입한다 하더라도, 수는 권력의 대상으로 존재하려면 강하지 않아야 했다. 결국 BL 창작에서 수가 여성의 위치로 대표됐다는 건 부정할 수 없다.

이를 보고 수를 묘사할 수 있는 방법에는 세 가지가 있다. 첫째는 이를 참고해 쓰는 것이다. 데이터가 많으면 유리하다고 생각할 수 있지만, 거꾸로 생각하면 그 틀에 갇힐 수 있다. 필자가 생각할 때 주목받을 수 있는 수는 먼저 사건이 결말까지 연쇄적으로 일어나야 한다. 사건은 꼭 수가 변화하기 위한 계기는 아니다. 이야기를 전개하며 수의 반응과 대응으로 몰입을 도와준다.

사건으로 수의 개인적 이야기를 만들어야 하는 것은 그만큼 수의 감정 묘사가 중요하기 때문이다. 프로와 아마추어는 수의 감정 묘사에서 차이가 난다고 할 정도다. 그만큼 수의 감정 묘사는 작품에서 큰 비중을 차지하며, 독자에게도 중요한 작품 평가 항목이다. 특히 상업 출판물은 분량이 길기 때문에 감정을 묘사하는 문장뿐 아니라 분량과 묘사 횟수까지 생각해서 읽는 것이 좋다.

둘째는 수의 남성성을 강화하는 것이다. 남성성을 강화하는 방법은 대부분 신체적 특성—큰 체격, 근육질—에 주목하며, 앞서 말한 것처럼 헤테로(이성애) 중심적이었다. 게이를 묘사하는 것도 한 가지 방법이고, 이를 통해 새로운 캐릭터를 만들 수 있다.

셋째는 여성성이다. 수의 위치를 유지하고 여성성에 다양한 변화를 주는 것이다. 현실 세계에 존재하는 여성의 성격을 염두에 두고 바꿀 수 있다. 하지만 창작물로 접하지 않으면 연상하기 어려우므로 여성 캐릭터가 중점적인 창작물을 접하는 것도 좋다.

여성을 이해할수록 BL 창작자가 쓸 수 있는 캐릭터의 폭은 넓어진다. 핵심은 기존에 쌓인 BL 장르에 이를 부분적으로 응용하는 것이다. 주로 공과의 관계가 이뤄질 때 이를 생각할 수 있다. 수의 위치가 두드러지는 것은 공이 수의 이야기에 개입하는 경우이며, 공을 대하는 수의 반응을 중심으로 여성성을 설정하는 것이 도움이 된다.

공攻

여성향적 창작물은 공의 캐릭터를 설정하는 데도 참고할 수 있다. 여성 중점적인 창작물과 BL은 공통점이 있는데, 불쾌한 묘사 없이 남성을 매력적으로 그려야 한다는 것이다. 또한 최근에는 여성 캐릭터를 부각하기 위해 나온 작품들도 많기에 남성이 여성을 이해하려고 노력하는 모습을 볼 수 있다. BL 소설의 결말은 로맨스이며, 일본에서도 슈퍼달링スーパーダーリン(빼어난 외모, 재력, 능력을 모두 갖춘 데다 자상하고 편안하기까지 한 모자랄 것 없는 남성 캐릭터) 공이 트렌드인 것을 생

각해서 이러한 요소를 고려하면 공을 더욱 깊이 있고 풍성하게 그릴 수 있다.

그러기 위해선 먼저 지금까지의 공을 파악할 필요가 있다. 공의 외형을 보자. 작품 중에서 키가 표시된 작품은 495편, 몸무게는 48편으로 표준 키와 몸무게는 183센티미터와 74킬로그램이었다. 외모를 묘사하는 단어로는 미남과 미인이 대다수였다. 몸매는 건장한 근육질이 가장 많았으며, 성격은 공격적, 후회공과 같은 거친 성격과 다정하고 성실한 성격이 대조를 이루며 비슷한 수치를 차지했다. 수는 다양한 카테고리에 분산된 반면 공은 특정 키워드에 높은 수치를 보였다.

필자는 공 캐릭터를 설정하는 데 남성 캐릭터가 나오는 창작물을 참고하는 것을 추천하지 않는다. 굳이 말하지 않아도 이미 수없이 봐왔을 것이다. BL 창작자라면, 더욱이 2차 창작을 한다면 남성 연대적인 작품을 분석 가능할 정도로 다양하고 깊게 봤을 것이다. 새로운 작품을 보더라도 남성 캐릭터는 기존의 시선에서 벗어나지 않은 채 묘사되어 있다. 2차 창작도 이와 같은 과정을 거칠 가능성이 높다. 그렇기에 필자는 여성으로서 여성의 시각대로 생각할 수 있는 창작물을 접하는 방법을 쓰고 있다.

전개

SNS에서는 특정 장면을 위해 전체를 쓴다는 글을 자주 볼 수 있다. 글 쓰는 기계가 발명되길 바라는 염원 다음으로 많은 공감을 얻는다. 하지만 잔인하게도 글은 구조로 이루어졌기에 전체적인 설계가 먼저다. 특히 10만 자 정도의 장편 출간이 목표라면 글을 쓰기 전 세세한 설정까지 오류가 나지 않게 계획하는 것이 필수다. 또한 글을 쓸 때도 순서대로 쓰는 걸 추천한다. 물론 생각나는 내용을 간단하게 메모 정도는 할 수 있으나 그때그때 순서를 바꿔서 쓰면 결정적으로 캐릭터의 감정선이 흐트러질 수 있다. 또 순서대로 쓰면 매번 확인하면서 자잘한 퇴고를 하며 앞으로의 내용을 최대한 오류 없이 진행할 수 있다.

전개를 공부할 때는 좋아하는 작품 하나를 반복해서 읽으며 작가가 어떻게 썼는지 분석하는 것이 가장 효과적이다. 다만 글을 쓰는 지금 구할 수 있는 작품이 없어, 부족하지만 필자의 동인지로 사례를 든다.

필자는 2017년 1월에 『하이큐!!』의 이와이즈미 하지메와 오이카와 토오루를 주인공으로 하여 BL 소설 동인지 『첫 번째 방』을 배포했다. 총 10장으로 나눈 짧은 동인지다. 전체적인 구조상 분량에 비해 장을 많이 나눴다. 이는 에피소드 위주의 단편에 익숙하며 주제와 관계를 이끌 능력이 부족하다는 뜻이다. 이는 소설이 아니라 만화를 연상시킬 수 있기에 개선해야 한다. 보통 한 권당 4~5개 정도의 장으로 이루어졌다는 걸 염두에 두고 사건을 어디까지 진행하고 쉬어야 할지 정하는 것이 바람직하다.

프롤로그에는 앞으로 이야기를 이끌 두 가지 사건이 등장한다. 첫 번째는 인물 사이에서 일어나며, 연인이 대학 때문에 처음으로 떨어질 것을 드러낸다. 두 번째는 앞서 말한 필자의 취향을 위한 테마로, 이와이즈미가 오이카와 토오루의 방을 관찰하는 것이다. 공과 수 두 인물 사이의 사건을 필두로 상업 창작물과 마찬가지로 두세 개 정도의 복합적인 사건을 전개한다. 창작자만의 테마를 정해도 되며, 공과 수 각각 개인적인 사건을 따로 만들어도 된다.

그리고 암묵적으로 지식을 공유하는 팬픽이라서 외모를 묘사하는 부분이 상대적으로 부족했는데, 캐릭터 묘사는 BL 창작에서 몇 번을 말해도 중요하다. 초반부에 확실하게 등장인물의 외모적인 인상을 남겨야 하며, 중간에 강한 심경의 변화를 겪을 때도 언급하는 것이 도움이 된다.

마지막으로 『첫 번째 방』은 두 인물 간의 갈등을 최소화한다는 가정에서 출발했다. 이를 바탕으로 가능한 결론을 만들었고, 독자가 불편함을 느끼지 않을 정도의 갈등으로 재미를 만들 수 있었다. 하지만 아직도 서사를 발전시켜나가는 데 많은 노력이 필요하며, 무엇보다 독자가 캐릭터에 감정을 이입하는 데 아쉬움을 느낀다는 피드백을 받았다.

갈등은 이야기를 확장할 가능성을 제공하는데, 필자는 독자들이 새롭고 다양한 시각에서 이입할 수 있는 갈등을 설정하는 것을 목표로 두고 있다. 물론 이것이 필자의 사례이며, BL 소설을 처음 쓰는 사람이라면 갈등과 사건은 인물에서 시작하고 끝내는 방식을 취하는 것이 좋다. 또 이를 참조할 때는 호흡이 긴 상업 창작물을 참고하기보다는 평소 2차 창작을 하던 작품에서 좋아하는 작가의 동인지부터 읽어나가는 걸 추천한다.

섹스 장면

BL은 여성의 포르노로 작용하는 만큼 대다수의 작품에서 섹스 장면은 빠지지 않고 등장하며 중요하게 평가된다. 여기서는 필자가 쓰는 노하우를 간단하게 정리하겠다.

섹스는 섹스로만 쓰여야 한다. 사회 제도 비판이나 관계의 불안정은 섹스가 아닌 다른 것으로도 쓸 수 있다. 앞서 말한 경우는 강압적인 모습으로 그릴 때도 있는데 그건 섹스와 거리가 멀다. 섹스에는 합의 하에 이뤄지는 성관계란 뜻이 내포됐기 때문이다. BL에서 섹스 장면은 어느 때보다 독자를 생각해야 할 순간이다. 이때만큼은 모든 걸 보여주고 싶은 욕심을 버리고 섹스에만 충실하자.

섹스는 육체의 언어다. 섹스 장면에서 육체는 해야 할 일만 하고 끝내는 기계가 아니다. 옷 속에 감춘 육체를 적나라하게 묘사하는 것은 물론, 서로의 교감을 행동으로 보여줘야 하며 독자도 이를 이해하고 느낄 수 있어야 한다. 캐릭터가 서로를 바라볼 때 어떤 마음을 느끼고 어떻게 흥분하는지 다양한 방식으로 서술하는 것이 좋다.

대화에 강박을 가지지 말자. 섹스 장면에서 무리하게 대사를 쓸 필요는 없다. 매번 재치 있는 대사를 쓰는 건 소수의 작가가 아니고선 어려운 일이다. 신음도 마찬가지다. 비현실적인 신음은 오히려 독자의 몰입을 방해할 수 있다. 차라리 과감하게 대사를 줄이는 것도 하나의 방법이다.

단어는 한 가지로 통일하자. 성기나 신체의 명칭은 한 가지로 통일하는 것이 읽기 좋다. 본문과 다를 바 없이 명칭이 달라지면 독자가 읽는 데 헷갈리고 방해될 수 있다.

작품을 쓰는 것은 행복해야 한다. BL 창작은 쉽지 않은 길이다. 쓰면서 즐겁지 않고 견딜 수 없으면, 그만두거나 시작하지 않은 게 더 행복할 수 있다. 지금 이 책을 읽고 있는 당신이 재미있는 소설을 써서 독자와 글 쓰는 즐거움을 나눌 수 있기를 진심으로 바란다.

부록

BL 장르를 이해하는 데 도움이 되는 자료

BL 연구 논문

한혜원, 「온라인 팬픽에 나타난 스토리텔링 연구」, 2012

동방신기 팬픽에 대해 연구한 논문. 한국의 온라인 팬픽 문화의 특징에 대해 고찰한다.

박세정, 「성적 환상으로서의 야오이와 여성의 문화 능력에 관한 연구」, 2005

BL 텍스트를 제작하는 여성의 문화적 능력의 내용과 의의를 고찰한 논문이다.

김종은, 「한국 동성애 만화의 장르 특성 연구 -페미니즘적 관점을 중심으로」, 2013

순정만화의 동성애 소재에서 시작해 BL로 장르의 진화를 이룬 한국과 일본의 BL 만화에 대해 탐구한 논문. 웹툰의 등장과 동성애를 소재로 한 웹툰이 연재되는 것을 바탕으로, BL 장르에서 퀴어 장르로 발전을 이뤄나갈 가능성에 대해 탐구한다.

웹사이트

조아라 www.joara.com

2016년에 일일 조회수 860만 건, 누적 조회수 130억 회, 회원수 110만 명을 기록한 웹소설 사이트. 아마추어 작가가 활동하기 좋은 환경으로 유명하다.

북큐브 www.bookcube.com

프리미엄 BL 웹소설 라인 Behind를 통해 유명 작가를 섭외하여 주목을 받았다. 오디오 드라마, 서양 BL, 일본 BL, BL 입문편, BL 상급자편, 주요 출판사 BL 등 세분화된 분류로 작품을 추천해준다.

리디북스 www.ridibooks.com

60만 권의 전자책을 서비스하는 국내 최대 전자책 서점. 2016년 매출액 500억 원을 돌파했다. 2017년 1월 웹소설 전용 앱 '리디스토리'를 출시했다. 특정 작가와 독점 연재 계약을 하는 등 웹소설 서비스를 적극적으로 성장시키려는 움직임을 보이고 있다. BL 카테고리가 따로 마련됐고, 월별 신간, 베스트셀러, 인기 작가 자료를 상세하게 제공하기에 트렌트 파악이 용이하다. 소비 패턴에 따라 맞춤 추천을 제공하며 다양한 할인을 진행하기도 한다.

카카오페이지 page.kakao.com

웹소설계에서는 후발 주자이지만 카카오의 저력으로 꾸준히 성장하는 중이다. 프로 작가를 영입하고 '기다리면 무료' 제도로 독자를 꾸준히 모으면서 누적 가입자 수 1000만 명을 돌파했다.

템프동 www.tempdong.com

성인동 중 하나로, BL 오리지널 소설 및 팬픽을 투고할 수 있다. BL 용어 사전을 제공한다. 아마추어들의 걸러지지 않은 야생의 BL을 보고 싶다면 강력 추천한다.

블랑시아 www.blancia.net

BL 소설 전문 연재 사이트다. BL 전문이라는 타이틀과 신인 및 기성 작가를 대상으로 한 대대적인 공모전으로 화제가 됐다. 황곰, 네르시온, 호야 등 기성 작가들을 영입해 작품을 업로드하고 있다. 2017년 3월에 오픈했기 때문에 운영 및 성장 가능성에 대해서는 지켜볼 필요가 있다.

아마추어 BL 소설

아마추어 소설 중 일부 작품은 웹소설 사이트와 연재 계약을 맺으며 상업 작품으로 바뀐 경우가 많다.

리즌, 『마왕』

동방신기 팬픽으로, 유수(믹키유천, 시아준수)를 메인으로 다룬다. 홍콩과 마카오의 실제 조직을 바탕으로 한 누아르물로 치밀한 묘사와 흡입력 있는 전개로 많은 인기를 얻었다. 영화화 세의를 받았으나 음지 문화는 음지 문화에 머물러야 한다며 거절했다는 일화가 있다.

마요, 『가시연』

"너구나. 8반 이쁜이가."라는 명대사를 탄생시킨 동방신기 팬픽으로, 윤재(유노윤호, 영웅재중)를 메인으로 다룬다. 자극적인 베드신과 퇴폐적인 분위기로 호불호가 갈린다.

새우깡, 『표본실』(전자책)

수에 대한 집착을 바탕으로 음산한 분위기를 만드는 공 캐릭터의 매력이 돋보이는 작품. 보통 BL 작품은 수 캐릭터를 괴롭히는 것으로 이야기를 진행하는 경우가 많지만, 이 작품은 공 캐릭터가 고통받는 모습이 인상에 남는다.

그웬돌린, 『메이데이, 메이데이, 메이데이』(전자책)

마피아 공과 돈세탁업자 수의 이야기로, 공을 무서워하는 수 캐릭터가 돋보이는 작품. 『페이데이』라는 작품으로 이어진다.

그루, 『랑가쥬』

국문과 학생들의 이야기로, 낮은 수위로 잔잔하게 흘러간다. 인물들의 섬세한 심리 묘사로 정평이 난 작품으로 많은 이들이 '인생 작품'으로 꼽는다.

뾰족가시, 『입술』

돈 많은 공과 가난한 수의 이야기. 아르바이트로 연명하는 삶을 비관하지 않고 묵묵하게 살아가는 수. 학창 시절 인연이 있었던 과거를 바탕으로 잔잔하게 흘러간다.

바스티안, 『31세기 오메가즘의 이해』

한국의 오메가버스 작품. 여성이 없는 지구를 배경으로 남성 알파, 베타, 오메가로만 이루어진 세계가 무대다. 오메가의 인권 신장을 위해 노력하는 오메가이즘 학자 외젠과 그런 외젠이 마음에 들지 않는 자크의 이야기다. 자크의 강간에도 불구하고 오메가의 권리를 위해 투쟁하는 외젠의 모습이 그려진다.

정식 발매된 BL 만화

시노자키 히토요 글, 코사카 토오루 그림, 『돈이 없어』 대원씨아이, 2005

BL계의 교과서라고 불리는 작품. 돈이 많고 냉혹한 성격의 공 캐릭터와 여리고 예쁘장한 수 캐릭터가 등장한다. 할리킹의 전형으로 꼽힌다.

박희정 글·그림, 『호텔 아프리카』(애장판), 서울문화사, 2005

장수하는 박희정 팬덤이 존재한다. 섬세한 심리 묘사가 압권이다. 아름다운 그림체로 우리가 가진 편견을 접하는 캐릭터들을 지켜보는 독자로 하여금 불편하게 만든다. 하지만 감히 한국형 BL 장르에서는 최고봉이라 말하고 싶다.

원수연 글·그림, 『LET 다이』, 서울문화사, 2000

한국의 성소수자들, 특히 남성 게이들의 현실을 반영한 작품으로 유명하다.

요시나가 후미 글·그림, 『의욕 가득한 민법』, 현대지능개발사, 2002

국내에서 영화화하기도 한 『서양골동양과자점』 등을 그린 만화가 요시나가 후미의 작품. BL을 넘어 퀴어 장르로 여겨지는 작품을 다수 그린 작가이므로 BL 이상을 창조하고 싶다면 참고하는 것을 추천한다.

미즈시로 세토나 글·그림, 『쥐는 치즈의 꿈을 꾼다』, 대원씨아이, 2006

여성과 결혼해서 살던 쿄이치와 쿄이치의 대학 후배이며 게이인 와타루의 이야기. 자신은 게이가 아니라고 거부하지만 점점 와타루에게 빠져가는 쿄이치와, 게이가 아닌 쿄이치를 사랑하는 와타루의 감정 묘사가 시종일관 슬픈 분위기를 연출한다.

고토부키 타라코 글·그림, 『섹스 피스톨즈』, 현대지능개발사, 2004

원숭이 이외의 동물들에서 진화한 인간인 반류, 원숭이에서 진화한 인간 원인이 존재하는 세계관을 탄생시킨 작품. 반류 중 동물의 유전자가 강하면 동물로 변하는 능력이 있는데, 변하는 동물을 그 인물의 혼현이라고 부른다. 남성도 임신이 가능하며 경종, 중종 등 계급에 따라 능력과 재산에서 차이가 난다.

AU는 동인 작품에서 흔히 사용되는 소재 중 하나다. 남성과 남성 커플뿐 아니라 다양한 유형의 커플이 등장한다.

모리요 글·그림, 『로맨틱 상등』(국내 미출간)

일본의 오메가버스 설정을 잘 보여주는 작품. 오메가버스 세계관에서 목덜미를 물어 짝이 되는 것을 각인이라고 하는데 일본 오메가 버스 작품에서는 중요한 소재로 사용된다. 각인을 당한 오메가는 다른 알파와 관계를 가질 수 없다. 우리나라에서는 잘 사용하지 않는 설정이다. 능력 좋은 알파를 만나 신데렐라처럼 신세를 펴는 것을 꿈꾸는 오메가의 이야기다.

yoha 글·그림, 『잘 가 나의 연인, 다시 만나자 친구야』(국내 미출간)

일본의 오메가버스 설정을 이용한 만화로, 알파가 많은 반에 전학 온 오메가의 이야기다. 한 명의 오메가를 두고 경쟁하는 알파들의 이야기를 어두운 분위기로 표현하며 많은 주목을 받았다.

웹소설 작가를 위한 장르 가이드 9

보이즈 러브

2017년 5월 23일 1판 1쇄 인쇄
2017년 5월 31일 1판 1쇄 발행

지은이 이미호, 프모리
펴낸이 한기호
펴낸곳 북바이북
출판등록 2009년 5월 12일 제313-2009-100호
주소 121-839 서울시 마포구 서교동 484-1 삼성빌딩 A동 2층
전화 02-336-5675 팩스 02-337-5347
이메일 kpm@kpm21.co.kr

ISBN 979-11-85400-55-6 04800
979-11-85400-19-8 (세트)

북바이북은 한국출판마케팅연구소의 임프린트입니다.
책값은 뒤표지에 있습니다.